FUGA DE LA ISLA DE ACUARIO

FRANK PERETTI

Las aventuras de Javier y Laura

LIBRO 2

ISBN 0-8297-0292-X
Categoría: Novelas cristianas

Este libro fue publicado en inglés con el título
Escape from the Island of Aquarius por Crossway Books

Traducido por Jorge Arbeláez Giraldo

Edición en idioma español
© 1992 EDITORIAL VIDA
Deerfield, Florida 33442-8134

Ilustración por David Yorke

UNO

Era un día cálido y claro en el Pacífico del Sur, y el océano tenía esa sensación de pereza y lentitud que arrulla y hace dormir con sus oleadas suaves. El capitán del barco pesquero que traqueteaba estaba aburrido y jugaba damas con su maestre, mientras otro tripulante se mantenía al timón de la embarcación. No había mucho de qué hablar, por eso nadie hablaba mucho. Habían recogido las redes con la pesca y se dirigían al puerto, y eso era todo lo que importaba.

— ¡Oiga, capitán! — gritó el timonel —. ¡Hay algo a babor!

— Lo he visto — dijo el capitán con sequedad —. Lo he visto todo.

El maestre se levantó para mirar, como también otros hombres por aquí y por allá en el barco.

— Usted no ha visto esto — dijo el maestre.

— Le apuesto que sí — dijo el capitán, levantándose del juego de damas —. Y ahora lo veré una vez más, y usted no sacará ninguna ventaja por alejarse del juego, ¡se lo aseguro! He . . .

Las palabras se apagaron en la boca del capitán. Había algo allá afuera.

— Un cuarto adelante — dijo al fin —. Vire a babor. Nos pondremos en facha.

El cansado y mohoso barco pesquero viró perezosamente hacia la izquierda y empujó con lentitud a través del agua,

3

acercándose a lo que parecía una maraña de tablas y madera flotante.

Con los binoculares, el capitán lo vio con claridad. Allá, en medio de la inmensidad de las aguas, flotaba una balsa pequeña inundada y azotada por las olas, hecha de tablas, troncos, ramas, harapos y otras cosas. En medio de la balsa, atado a un mástil torcido y blanquecino, había un hombre. No se movía.

— Con cuidado ahora — dijo el capitán.

Se apagaron por completo los motores. Se bajó una escalera por un lado, y dos tripulantes descendieron. Colgaban de la escalera con una mano y una pierna, y dejaban pasar por debajo de ellos y despacio el agua espumosa y verdeazul. Entonces, cuando la balsita se acercó lentamente, uno se dejó caer encima de ella y agarró una cuerda arrojada por el otro. Amarraron con rapidez la balsa al barco.

El informe no era bueno.

— ¡Está muerto, capitán! — gritó disgustado el tripulante.

— Lo examinaremos — ordenó el capitán sobre la barandilla.

Subieron el cuerpo a bordo. Estaba frío y tieso, y la ropa estaba hecha harapos.

— Parece un nativo de una de las islas cercanas — dijo el maestre.

— ¡Eh . . . ! — dijo el capitán pensativo, al examinar un medallón extraño al cuello del hombre —. Y yo sé cuál es.

Todos dieron un vistazo al pesado medallón de cobre. Tenía un signo del zodíaco.

— Acuario — dijo el capitán.

— ¿Existe tal lugar? — preguntó un tripulante.

— Aunque no lo crea — respondió el capitán.

El maestre se inclinó de repente para mirar los pies del hombre. La expresión de su rostro hizo que todos los demás lo imitaran.

— Tiene el pelo chamuscado — dijo uno.

4

— Sí, Acuario es por seguro — dijo el maestre.

— Entonces una leyenda, un rumor, un cuento increíble nos ha llegado de sorpresa — dijo el capitán —, y ahora apuesto a que no fue el mar quien lo mató.

— Entonces, ¿qué fue? — preguntó un tripulante.

— Aunque no lo crean — dijo el capitán en voz baja, con la mirada fija en el cadáver —, pudo haber sido una maldición . . . o un espíritu . . . algo tenebroso y malévolo. Miren, se le nota en el rostro.

— Examínenle los bolsillos, y también la balsa — ordenó el capitán —. Veamos quién es.

Alguien halló un pedacito de papel, como una nota, en el bolsillo de la camisa del hombre.

— Muy borrosa — dijo el que la encontró.

— ¿Hay un nombre en ella? — preguntó el capitán y le echó un vistazo.

El tripulante entrecerraba los ojos y le daba vueltas al papel.

— Parece algo de misioneros . . . "Alianza Misionera Internacional" . . . ¡Ah! Aquí hay un nombre . . . ¿Adán . . . Mac . . . MacKenzie?

El capitán miró.

— Así es. Y Sacramento, parece.

Miró el cadáver y añadió:

— Este no es MacKenzie, estoy seguro; pero lo llevaremos a Samoa y dejaremos que las autoridades respectivas hablen con los misioneros o el señor MacKenzie. Ese será el fin de nuestra parte en esto.

El doctor Juan Cortés estaba sentado en la parte de atrás del pequeño crucero que avanzaba por el agua azul. Con su mirada aguda examinaba constantemente el horizonte y después se refería al mapa que tenía desplegado frente a él. Se quitó el sombrero de ala ancha, se enjugó el sudor de la frente y miró el reloj.

— Han pasado cincuenta y cinco minutos — dijo.

Javier, su hijo de catorce años de edad, controlaba el timón con fuerza y firmeza, y mantenía la vista puesta en la brújula del barco.

Mientras miraba otra vez para estar seguro, dijo:

— Papá, pues todavía no veo ninguna isla por allá.

Laura, su hermana de trece años de edad, estaba sentada en un almohadón a un lado, con la cabeza colgada sobre la barandilla, y el cabello rubio sobre los ojos nublados.

— Tierra . . . tierra . . . — imploraba.

— ¡Tiene que estar allí! — exclamó el doctor Cortés, mientras levantaba los binoculares.

— ¿Por qué? — preguntó Laura —. Ya hemos ido a veinte islas diferentes y ninguna de las personas con quienes hemos hablado ha oído hablar siguiera de una isla llamada Acuario.

— No con ese nombre — respondió el doctor Cortés, mirando el agua con los binoculares —, pero todos los nativos y las tribus de por aquí parecen conocer los rumores acerca de cierta isla que es tabú, o maldita, o mala. El hecho mismo de que no quieren hablar de ella es una prueba importante de su existencia.

— Pues bien — dijo Javier —, sólo espero que el cacique de la tribu en la última isla tenga la razón. Todavía no veo nada.

— Aun tenemos tiempo. Dijo que era como una hora al norte; pero bien pudo haberse equivocado en cuanto a la distancia.

El doctor Cortés volvió a mirar a Laura.

— No te preocupes, Laura. Aunque no sea Acuario, pasaremos la noche allá y te daremos la oportunidad de estar en tierra firme otra vez.

— Todo esto por una notica — murmuró con desgano.

— Pues — dijo el doctor Cortés —, la Alianza Misionera Internacional creyó que esa notica era un vínculo importante con MacKenzie. El desapareció en esta zona y se le consideró muerto hace más de dos años, según recuerdo; pero ahora esta nota aparece en el bolsillo de la camisa de un cadáver, y la escritura es definitivamente de MacKenzie.

— Lo que significa que todavía podría estar vivo en alguna parte — dijo Javier.

— Pero ¿por qué nos empleó la Alianza para buscarlo? — se preguntó Laura.

El doctor Cortés parpadeó.

— Pues, por las circunstancias, creo que nadie más quería el empleo.

— Por las circunstancias... — pensó Laura en voz alta —. ¡Una isla encantada que todos temen y un difunto sin razón para estar muerto!

— Esa última parte me tiene perplejo — dijo el doctor Cortés —. La muerte de aquel hombre estaba lejos de lo normal. Hablé con las autoridades de Samoa, pero todo lo que pudieron darme fue adivinanzas sobre venenos y rumores acerca de Acuario, y ese medallón que el muerto llevaba al cuello. Me temo que tendremos que averiguar todo lo demás solos.

— Pensaba que éramos arqueólogos — dijo Laura.

— También somos muy buenos para investigar otras cosas — dijo Javier con una sonrisa.

Laura tuvo que encogerse de hombros y asentir con un movimiento de la cabeza.

— La nota de MacKenzie, o lo que quedaba de ella, parecía un grito de socorro — dijo su padre, mientras sacaba una fotocopia de la nota de su maletín —. Sin embargo, no importa cuántas veces la mire, no puedo entenderla más.

— Déjame verla otra vez — dijo Laura.

Su papá le pasó la copia, y ella la examinó detenidamente, con curiosidad, antes de darse por vencida.

— Comprendo lo que quieres decir — dijo —. Lo único que puedo leer es: "Vengan rápido, la isla está... la isla está..."

— ¡La isla está frente a nosotros! — exclamó Javier.

El doctor Cortés tomó los binoculares. Sonrió satisfecho.

7

— ¡Sí! — dijo —. Puedo ver ese promontorio rocoso al extremo oriental, como lo describió el cacique.

Laura ya no se sentía tan mareada; estaba junto a Javier y esperaba su turno para mirar con los binoculares. Cuando miró la primera vez, dijo:

— ¡Oh, parece el lugar más solitario del mundo! ¡Creo que no me gustaría ser misionera allí!

— Los misioneros son personas especiales — dijo el doctor Cortés —. Cuando Dios los llama, van, no importa a dónde. Alguien tiene que llevar el evangelio . . . al lugar más solitario del mundo.

— Más poder para ellos — dijo Javier.

— Pues . . . si Dios lo ordenara, creo que iría — dijo Laura.

— Eso es lo que hizo Adán MacKenzie — añadió el doctor Cortés —. Ojalá que lo hallemos vivo y bien.

El pequeño crucero se demoró otros cuarenta y cinco minutos para acercarse a la isla, y los Cortés miraban con curiosidad mientras la línea tenue de color verde oscuro del horizonte se acercaba, hasta convertirse en una isla extensa con vegetación espesa, palmeras ondeantes y enormes peñascos dentados.

— Ummm . . . — musitó el doctor Cortés —. De formación volcánica, a diferencia de las islas de coral de por aquí. Cuidado con los arrecifes que aparecen de repente.

— Hay muchos — dijo Javier, mientras señalaba unas rocas dentadas que sobresalían del agua como los dientes de una sierra.

— ¿Hay rumores de que esta isla se come las embarcaciones? — preguntó Laura.

— No, sólo a las personas — dijo su padre —. Dicen que nadie sale jamás de aquí.

Javier redujo la velocidad del crucero y avanzaba con cautela. Laura se colocó en la proa para advertir de las rocas que aparecían bajo la superficie. Iban lentamente por el agua a la luz rojiza del sol poniente, en busca de una vía segura para atracar en la playa de arena blanca.

Cuando llegaron a aguas poco profundas, pudieron ver el fondo rocoso, escarpado, traicionero pero hermoso, con incontables conchas, corales rosados y carmesí, y gran cantidad de pececillos que escapaban veloces cuando el barco pasaba sobre ellos.

Javier dirigió el barco a lo largo de la línea costera por un rato, y llegaron al fin a una pequeña ensenada que parecía muy atractiva. Entraron en ella mientras el sol se hundía en el horizonte distante y pulido como el vidrio. Laura echó el ancla, Javier apagó el motor y todo quedó en silencio. Los tres se sentaron en la creciente oscuridad por mucho tiempo, mirando y escuchando.

— Creo que todo es bastante normal — dijo Laura en voz muy baja.

Ella sintió la mano tierna del doctor Cortés sobre un hombro.

— Tal vez no — dijo mientras señalaba con calma —. Miren esas palmas allá, todo el palmar.

Los tres miraron. A un lado de la ensenada, que se dibujaba ya contra el firmamento rojo, un palmar muy extenso salía del océano, como inundado por una marea muy alta; pero no había marea alta.

— No comprendo — dijo Javier.

— Ummm, lo tendremos en cuenta — dijo el doctor Cortés.

— ¡Esperen! — susurró Laura —. ¡Escuchen!

Crujidos. Ruido silbante. Algo se movía por el matorral espeso cerca de la playa. El doctor Cortés alcanzó el proyector de luz que estaba encima del crucero y lo encendió. El intenso rayo de luz atravesó el agua poco profunda de la ensenada, para iluminar los árboles y la vegetación verde y espesa.

Ruidos y crujidos. El sonido avanzaba con interrupciones, parando y arrancando, parando y arrancando de nuevo. El doctor Cortés lo seguía con la luz, y el rayo enorme de luz se movía despacio hacia los lados.

¡Allí! Por un momento, crujieron y temblaron algunas hojas gruesas. Luego tembló un arbusto.

El rayo de luz se movía despacio, iluminando grandes círculos de vida vegetal, árboles y rocas.

¡Un rostro!

Era como una máscara aterradora de alguna casa de carnaval, con ojos desorbitados de loco, barba gris y desordenada, y dientes que brillaban con el rayo de luz del proyector.

La persona, fantasma o lo que fuera, saltó del matorral y comenzó a batir los brazos flacos y a gritar:

— ¡No, váyanse! ¡Váyanse!

— ¿Es esta Acuario? — le gritó el doctor Cortés.

La ansiosa figura fantasmal vio de pronto algo alarmante. Dio un grito de terror y en seguida desapareció en el matorral.

El doctor Cortés movía el chorro de luz de un lado a otro, y llamaba:

— ¿Está allí? ¿Hola?

No hubo respuesta de la playa silenciosa.

— Algo lo asustó — dijo Javier.

— Sí, pero ¿qué? — preguntó Laura.

— ¡Oh, oh, miren allá!

Todos lo vieron. Una luz se movía por la selva, en dirección a ellos.

El doctor Cortés alcanzó su revólver 38 de cañón largo y se lo puso al cinto.

— Nos espera una recepción — dijo.

La luz se movía constante hacia ellos, titilando detrás de los árboles, ramas y matorrales. Por fin salió a terreno abierto y avanzó por la playa, flotando a unos dos metros del suelo.

— Es . . . es eso . . . — comenzó a preguntar Javier.

— Sí — dijo el doctor Cortés, mirando la oscuridad —. Creo que es exactamente lo que parece.

— ¿Cómo hace él eso? — preguntó Laura.

La luz procedía de cierto tipo de antorcha, que reposaba, o estaba pegada, sobre la cabeza calva de un polinesio muy alto. El hombre estaba de pie en la playa mirándolos, con aspecto amenazador en su rostro oscuro, los brazos a los lados, el cuerpo derecho y vestido de hierba, pieles y huesos. Parecía una vela musculosa y alta.

Los Cortés lo miraban y se miraban.

— Creo que hemos hallado el lugar preciso — dijo el doctor Cortés.

La voz profunda del polinesio retumbó por el agua tranquila:

— ¡Ustedes! ¿Quiénes son ustedes?

— Somos los Cortés — dijo el doctor —. Buscamos a un misionero llamado Adán MacKenzie.

Se le abrieron más los ojos grandes, y se le ensanchó el pecho bronceado con un resuello lento y largo de horror o alegría.

— ¡Ustedes! — rugió —. ¡Ustedes, vengan! ¡Vengan!

Los Cortés se miraban, y los tres tenían expresiones del rostro que decían: "¡No estoy muy seguro de esto!"

El hombre les dirigió ciertas palabras incomprensibles de su lengua nativa, y movía los brazos como un molino de viento. Terminó diciendo:

— ¡Vengan! ¡Vengan todos ahora, no teman!

— Pues . . . — dijo el doctor Cortés con calma a Javier y Laura —, es bastante civilizado para hablar castellano.

— Es decir que vamos a desembarcar en la playa — dijo Javier.

— Llevaremos las provisiones necesarias — ordenó el doctor Cortés —. No pienso estar lejos del barco por mucho tiempo, especialmente con todos los explosivos que tenemos a bordo.

— Javier — preguntó Laura en broma —, ¿por qué trajiste todo ese equipo de explosivos? Esto no es un sitio de excavación arqueológica, sino una islita rara.

Javier se encogió de hombros.

— Eh, creo que por costumbre.

— Tal vez tendremos que abrir algunos cocos — dijo el doctor Cortés.

Todos se rieron de eso y reunieron sus cosas mientras el gigantesco hombre antorcha estaba de pie en la playa y observaba.

— Permanezcan juntos — dijo el doctor Cortés.

Con las mochilas a la espalda y linternas en la mano, entraron en el agua clara y poco profunda, y se dirigieron a la playa. El polinesio parecía aun más grande de cerca, y del cuello le colgaba algo que les llamó la atención: un medallón de cobre con el signo de Acuario.

DOS

El hombrón dio la vuelta despacio y en silencio, miró hacia la selva y comenzó a caminar de regreso por donde había venido.

El doctor Cortés dejó que Javier y Laura fueran delante para poder vigilar desde atrás, y se alejaron en fila india. El sendero primitivo serpenteaba a través de matorrales espesos, pasaba por debajo de árboles enormes caídos, por arroyos veloces y subía por lomas rocosas. El aire del bosque profundo era cálido y húmedo. La oscuridad y un silencio siniestro los rodeaba mientras seguían al gigante de la antorcha brillante encendida sobre la cabeza. La luz de la antorcha arrojaba sombras largas que danzaban muy atrás entre los árboles.

Después de un rato trepaban por una loma empinada y podían sentir el cascajo afilado bajo los pies. La vegetación disminuía a medida que ascendían y, por fin, la luz plateada y brillante de la luna apareció por entre las copas despejadas de los árboles. Todo el terreno alrededor se convirtió en un paisaje lunar, una cima estéril y rocosa. Siguieron subiendo.

Un nuevo sonido les llegó al oído. De alguna parte venía un rugido profundo, gutural como de gárgaras de agua.

Ahora se movían por un risco rocoso estrecho. A un lado el suelo se despeñaba hacia un abismo negro y sin fondo, y muy abajo estaba esa agua feroz y enojada.

Su guía dio una vuelta hacia el abismo, descendió a algo,

y luego la luz de la antorcha empezó a moverse hacia arriba y hacia abajo, como un yoyo caminante.

Laura rompió el silencio.

— ¡Oh, no! No puedo pasar por eso.

El hombre no pareció oírla, y continuó caminando a través del puente colgante más precario, inestable y elástico que cualquiera de ellos hubiera visto jamás. Sus pies enormes tocaban una tonada en las tablas envejecidas por la intemperie, y su cuerpo subía y bajaba mientras las cuerdas frágiles y primitivas se estiraban y encogían, se aflojaban y temblaban continuamente.

Laura se aventuró a entrar en el puente, agarrándose de las cuerdas con fuerza, y se sintió otra vez mareada.

— ¡Señor, no me dejes caer, te lo ruego! — oró en voz alta.

El doctor Cortés esperó a que el guía y Laura llegaran al otro lado antes de permitir que Javier intentara pasar. Mientras tanto, miraba hacia el abismo, y escuchaba el rugido del agua.

— Dime, Javier — le dijo —, ¿has oído alguna vez un río o una catarata que sonara así?

Javier se alegró de hacer una pausa antes de arriesgarse a pasar el puente. Se inclinó hacia el abismo y escuchó.

El sonido era muy extraño, no como el sonido común de chapoteo rápido de un río, ni como el ruido aplastante y atronador de una catarata. Sonaba como . . . como . . .

— ¿Qué está pasando allá abajo? — preguntó Javier por fin.

Era demasiado oscuro para saber.

— Dicen que Adán MacKenzie se ahogó, aunque era un nadador excelente . . . — dijo pensativo el doctor Cortés.

Javier dirigió su rayo de luz hacia el abismo, pero se perdió en la enorme distancia. Aun la luz de la luna se veía opacada por las sombras profundas arrojadas por los acantilados rocosos. Por debajo de ellos no había sino tinieblas y ese rugido gutural y extraño de gárgaras.

El gigantesco guía les volvió a gritar. Entonces Javier y el doctor Cortés se apresuraron a cruzar el puente flojo, y llegaron al otro lado, pero no demasiado pronto.

No mucho después del puente, vieron luces adelante y oyeron los sonidos de una aldea, voces, el ruido de ciertas herramientas y el balido de algunas cabras.

En un recodo, el sendero se convertía en camino que llevaba a una aldea pintoresca de cabañitas y casitas campestres de aspecto definido y civilizado.

Las casas estaban bien construidas, con techumbre durable de pizarra, portales y hasta con algunos columpios en la entrada. Tenían ventanas de cristal, puertas con bisagras, tapices de bienvenida, cuerdas para colgar la ropa y luz eléctrica. Los Cortés veían gente de todas las edades, trabajando, jugando, reposando y hablando; pero esas personas no eran polinesias, sino occidentales civilizados.

— ¿Están seguros de que no hemos llegado a algún lugar de los Estados Unidos? — les preguntó Javier a su padre y a su hermana.

El doctor Cortés se veía sorprendido.

— Este no es el tipo de aldea que esperara hallar en una isla remota del mar del Sur. Debe de ser como una... colonia.

Pasaron por una casita con una mujer y dos niños sentados bajo la luz de la entrada en el fresco de la noche. La mujer llevaba al cuello el ya conocido medallón de Acuario. El doctor Cortés saludó con la mano y de viva voz. Ella respondió con la mano, pero no dijo nada.

Tres carpinteros descansaban alrededor de una mesita al aire libre y se reían a carcajadas. Al acercarse los Cortés, los hombres se callaron inmediatamente, y se quedaron mirando sin expresión a los extraños que pasaban.

Los Cortés dijeron buenas noches, pero otra vez no tuvieron respuesta. Del cuello de cada uno de los hombres colgaban medallones idénticos de cobre. Parecía que todos los llevaban puestos allí, y todos miraban a los Cortés. Aunque el lugar parecía un suburbio moderno en el paraíso, se veía claro que esas personas no estaban acostumbradas a los visitantes.

Los recién llegados siguieron bajando por la calle de tierra, pasando por más cabañas, un tallercito de carpintería, un edificio de mantenimiento, y después un salón grande de reuniones. Al fin llegaron a una cabaña grande e imponente frente a la plaza de la aldea.

El polinesio grande se acercó al pórtico y tocó una campana de barco, de bronce y muy sonora. Mujeres, hombres, niños, jóvenes y ancianos de alrededor de la plaza comenzaron a reunirse, mirando a los Cortés con mucha curiosidad y un poco sombríos. Después de un rato, la puerta de la cabaña se abrió y salió un hombre. Le habló al polinesio y luego dirigió la mirada a los tres desconocidos.

Los Cortés aprovecharon el tiempo para observar al hombre. Era de edad madura, de apariencia fuerte, con cabello encanecido, mirada penetrante y ademanes imponentes de autoridad. Un medallón de cobre, muy adornado, le colgaba del cuello. Se quedó allí de pie, con una expresión de frialdad en el rostro, estudiándolos de arriba abajo, por lo que pareció un tiempo muy largo, antes de decidirse a hablar.

— Bienvenidos a la isla de Acuario. ¿Quiénes son ustedes, de dónde vienen y qué los trae aquí?

El doctor Cortés respondió:

— Somos el doctor Juan Cortés y sus dos hijos, Javier y Laura, de la compañía Cortés, una sociedad de estudios arqueológicos. Venimos de los Estados Unidos de América, y estamos aquí en representación de la Alianza Misionera Internacional y en busca de un misionero extraviado, llamado Adán MacKenzie.

El hombre cambió una mirada rápida con algunos de los reunidos y sonrió, algo de que parecía incapaz.

— Y ¿qué les hace pensar que lo encontrarán aquí? — preguntó.

El doctor Cortés metió la mano en el bolsillo de la camisa y sacó un medallón de cobre.

— Veo que todos aquí llevan uno de estos. Este se halló en un náufrago en medio del océano.

La sonrisa se desvaneció del rostro del hombre muy pronto mientras el doctor Cortés hablaba del cadáver de la balsa primitiva.

— ¿Puede describirlo? — preguntó el hombre.

El doctor Cortés le mostró una fotografía. Varias personas se reunieron para mirarla, y después quedaron boquiabiertos y susurraban.

— ¡Tomás! — dijeron —. ¡Es Tomás!

El hombre miraba la foto, fruncía el ceño y movía la cabeza asombrado.

— Tomás lo llamábamos — dijo como lamentándose —. Era una persona muy dulce. Todos lo amábamos.

— ¿Tiene usted alguna idea de cómo terminó a la deriva y muerto en medio del océano? — preguntó el doctor Cortés.

— Estaba vivo cuando salió de aquí en esa balsa — dijo el hombre —, pero su muerte no nos toma por sorpresa. Tal vez les sea difícil entender, por no haber vivido aquí en este lugar, pero . . .

El hombre alzó la voz como si quisiera que toda la gente lo oyera.

— Hay energías muy poderosas que todavía operan en esta isla, creadas por tradiciones antiguas. El observador más primitivo las llamaría magia. De todos modos, aun se encuentran esas fuerzas de cuando en cuando, y una de tales manifestaciones es una locura terrible, una maldición inescapable que a veces hostiga a la gente aquí. El nombre nativo es *moro-kunda* y significa "la locura antes de la muerte". No tiene causa conocida, ni cura conocida, y siempre es fatal. Esa maldición le sobrevino a Tomás. Enloqueció y aunque tratamos de detenerlo, se construyó esa balsa rudimentaria y huyó de la isla.

El hombre hizo una pausa dramática y luego añadió:

— Sin embargo, no pudo escapar de *moro-kunda*.

17

Toda la gente de la plaza se asustó y murmuró de nuevo. Todos los rostros estaban llenos de horror y desaliento.

— Bueno . . . sea lo que sea . . . — el doctor Cortés sacó una hoja de papel de su mochila y se la pasó al hombre —. Esta es una fotocopia de una nota encontrada en el bolsillo de Tomás. Observe la dirección de Sacramento, California, de la Alianza Misionera Internacional arriba, y allí, cerca del final está el nombre de Adán MacKenzie. La escritura quedó casi borrada por el agua del mar, pero lo que se puede ver es, sin lugar a dudas, la letra de MacKenzie. Parece un pedido de socorro . . .

El doctor Cortés terminó su explicación. El hombre se había echado a reír. Cuando miraba a algunas personas, también se reían.

— Lo siento . . . lo siento . . . — dijo el hombre, tratando de controlarse —. Sé que esto debe parecerles un asunto muy serio.

El doctor Cortés quiso explicar:

— Pues se creía que MacKenzie había muerto ahogado, pero ahora esta nota podría probar que todavía está vivo en alguna parte . . .

— ¡Oh, él está muy vivo, doctor Cortés!

El doctor Cortés miró a Javier y a Laura, y preguntó:

— Entonces . . . ¿usted conoce a MacKenzie?

— Muy bien.

— ¿Sabe dónde podemos encontrarlo?

— Ustedes lo han hallado — dijo el hombre con una sonrisa —. ¡Yo soy Adán MacKenzie!

Laura se sonrió.

— ¡Bueno, eso fue fácil!

No obstante, el doctor Cortés no sabía si sonreír o fruncir el ceño, si dudar o preguntar o sólo aceptar las palabras de ese hombre.

— ¿Usted es MacKenzie? — preguntó por fin.

El hombre se adelantó y le tendió la mano.

— ¡Créame, doctor! ¡No tenía idea de que me encontrara

en tanta dificultad, pero le agradezco mucho por venir a rescatarme!

Se rió otra vez, después miró a la gente de la plaza, y ellos volvieron a reír.

— Como ven — dijo MacKenzie —, esta nota es algo que debo haber escrito hace mucho tiempo, y de alguna manera se extravió. Le escribía a la Alianza para contarles cuán bien iban las cosas.

— ¿Y esas palabras "vengan rápido, por favor, la isla . . ."?

— Creo que escribí: "¡Vengan rápido, por favor, la isla es el lugar más hermoso del mundo!" ¡Quería que vinieran a visitarnos aquí, para ver lo que hemos podido realizar!

MacKenzie volvió a reír.

— Siempre me pregunto por qué nunca me respondieron. Se la di a Tomás para enviarla por medio del correo de los Estados Unidos en Samoa. Debe de haberla olvidado, y la llevaba en el bolsillo todo ese tiempo.

El doctor Cortés se sonrió a la fuerza.

— Pues . . . me alegro de ver que usted está bien.

— Y no muerto, ¡se lo aseguro! — dijo MacKenzie.

— Los de la Alianza se alegrarán de saberlo. Ellos no saben lo que le pudo haber pasado a usted. No han tenido noticias suyas en más de dos años.

— Como puede ver a su derredor — dijo MacKenzie —, ¡he estado muy ocupado!

Los Cortés podían ver que, como había dicho el doctor, esa no era el tipo de aldea que se espera hallar en una isla remota del mar del Sur.

— Sorprendente, ¿verdad? — preguntó MacKenzie mientras sonreía —. Donde se pudiera esperar una isla remota y virgen, con una cultura muy primitiva, se encuentra más bien un hermoso mundo nuevo, una nueva civilización y ¡un cielo en la tierra!

Y le dijo al polinesio grande:

— Omar, lleva las mochilas de los Cortés y sus pertenencias a la casa de huéspedes. Ellos pueden quedarse con nosotros esta noche y partir de regreso y descansados por la mañana.

Omar levantó las tres mochilas con sus brazos musculosos.

— Oh Omar ... — dijo MacKenzie —, creo que puedes extinguir esa cosa ahora.

Omar tomó un sombrero del cinturón y se lo puso para apagar la antorcha. Después llevó las mochilas de los Cortés a una casita frente a la plaza.

— El todavía es bastante primitivo — explicó MacKenzie —. Aunque ya producimos electricidad, él no puede dejar los medios tradicionales y anticuados de iluminar el camino. Y, doctor ... — MacKenzie miró con desdeño el revólver del doctor Cortés —, si nuestra gente parece un poco alarmada en su presencia, podría ser debido a su arma. No tenemos armas aquí. Esta es una isla de perfecta paz.

El doctor Cortés sonrió y habló no sólo a MacKenzie, sino a todos los demás que podían oírlo:

— No se preocupen, lo llevo sólo para protección.

— Lo cual no será necesario aquí, se lo aseguro — dijo MacKenzie.

El doctor Cortés asintió, y preguntó:

— Y ¿quiénes son todas estas personas? ¿De dónde han venido?

MacKenzie miró alrededor de la plaza, señalando ciertos rostros mientras decía:

— Esta es gente de todas las profesiones, desde abogados hasta médicos, de carpinteros hasta profesores universitarios. Vinieron de América, Gran Bretaña y Australia. Algunos son de Francia y Alemania. Todos comparten nuestro sueño, doctor.

— ¿Cuál es su sueño?

— Nuestro propio mundo nuevo, un lugar sin crimen, guerra, derramamiento de sangre ni avaricia. Hemos dejado atrás el mundo viejo, hemos escapado de la competencia inexorable, y ahora construimos un nuevo mundo para nosotros. ¡Permítanme mostrarles!

MacKenzie los guió en una gira por la aldea, de un extremo al otro.

— ¿Ven aquí? — decía, señalando en distintas direcciones —. Tenemos sistemas de acueducto y alcantarillado, y energía eléctrica. Nos costó años de grandes esfuerzos, pero lo logramos.

Siguieron caminando.

— Este es nuestro taller de carpintería donde hacemos lo que necesitamos, ya sean carretas nuevas para transportar madera o armarios nuevos para la cocina o juguetes para los niños. Y esta es la cocina comunal donde los cocineros expertos preparan todas las comidas . . .

La gira duró largo rato.

— ¿Así que lo que han hecho aquí es comenzar su propia sociedad, de nuevo, desde el principio? — el doctor Cortés se atrevió a preguntar.

— ¡Exactamente! Ese es el lema del medallón de nuestro grupo que han visto que todos llevamos. El signo de Acuario es un símbolo internacional de una edad venidera de paz mundial. Estamos realizando eso aquí mismo, y ahora mismo.

— Y ¿dónde está su iglesia?

— Oh . . .

MacKenzie vaciló y luego respondió:

— El salón de reunión. Ustedes lo pasaron al entrar, ¿recuerdan? Nos congregamos allá para hablar de asuntos espirituales.

— Ummm — dijo pensativo el doctor Cortés.

Javier observó un sendero ancho que se dirigía a la selva y caminó hacia él para mirar de cerca.

— ¿A dónde va esto?

MacKenzie se mostró extrañamente alarmado.

— ¡Oh, no vayas por ahí!

Javier se detuvo y se quedó mirando a MacKenzie con asombro.

MacKenzie explicó:

— Eso es . . . pues, eso entra en la selva, pero es peligroso ir allá. Debo advertirles que no se aventuren a alejarse de la aldea.

— ¿Por qué? — preguntó Javier —. ¿Qué hay allá afuera?

— Ah . . . pues . . . — MacKenzie vacilaba al responder —. No sabemos en realidad, pero han ocurrido cosas extrañas últimamente, y pensamos que sería más seguro quedarse en la aldea. Hay algo malévolo por allá . . . algo peligroso.

— ¿Se refiere usted a otra maldición, o poder, como *morokunda*? — preguntó el doctor Cortés.

— Quizá — dijo MacKenzie —. Esta es una parte diferente del mundo, doctor Cortés. Hay poderes, fuerzas y tradiciones antiguas aquí que todavía no llegamos a comprender.

— Pero seguro que un hombre de Dios como usted sabría que hay sólo dos fuentes de tales cosas: Las ocurrencias sobrenaturales o son de Dios o de Satanás. De veras que no hay nada muy misterioso al respecto.

MacKenzie se sonrió.

— Doctor, hay mucho que usted no conoce todavía. Tenga cuidado de los antiguos prejuicios religiosos y la ignorancia. Pueden ser sus peores enemigos. Por eso Jesucristo vino a la tierra, a salvarnos de la ignorancia, ¿no es así?

— Ya que pregunta — dijo el doctor Cortés —, no, no es así.

MacKenzie se limitó a sonreír. Siguieron caminando, y él con su charla; pero los Cortés sentían una inquietud creciente por ese hombre y ese lugar.

Y Javier seguía oyendo un crujido oculto a poca distancia detrás de ellos. MacKenzie estaba demasiado ocupado hablando para oírlo, y Laura y el doctor Cortés parecía que estaban demasiado adelante. Sin embargo, a Javier, que se había quedado un poco atrás, le parecía como el ruido que habían oído en la ensenada.

¿Qué fue eso? Se detuvo apenas lo suficiente para escuchar. Era un resuello profundo y pesado. Y luego como un quejido.

Javier se apresuró y alcanzó al resto del grupo.

En ese momento un caballero de aspecto distinguido salió de una de las casas y llamó a MacKenzie.

— ¡Hola! — dijo —. ¡Me alegro de que lo encontré!

MacKenzie se acercó con rapidez al hombre, hablándole precipitadamente y de modo abrupto.

— ¡Alberto! ¡Alberto! ¿Cómo te va? ¡Quiero presentarte a unos visitantes! Vinieron en busca de Adán MacKenzie, e ¡imagínate su sorpresa cuando supieron que era yo!

— Oh . . . — dijo Alberto, y después miró a los Cortés y se rió —. ¡Oh, sí!

— Doctor Cortés, Javier y Laura, les presento a Alberto Hammond, nuestro médico residente. Cura las cortadas, compone las fracturas y atiende los partos, ¿verdad, Alberto?

— Sí, así es — dijo Alberto.

Le dijo además a MacKenzie:

— Oiga, pensaba si querría entrar a examinar los inventarios de provisiones. Todavía nos faltan algunos artículos.

— Por supuesto — dijo MacKenzie.

Se volvió a los Cortés y les dijo:

— ¿Podrían hacerme el favor de esperarme un momento? No se vayan. En seguida vuelvo.

Al decir eso, los dos hombres entraron en la casa.

— ¿Por qué me siento tan extraña por todo esto? — preguntó Laura en voz muy baja.

— Espero que ustedes dos hayan estado observando todo — dijo el doctor Cortés.

— Estoy observando algo ahora mismo — dijo Javier —. ¡Nos están siguiendo!

— Lo sé — dijo el doctor Cortés —. Podría ser la misma persona que vimos en la ensenada.

— Entonces ¿también lo oíste?

— Tanto como pude, con toda la palabrería de MacKenzie.

De repente, una voz muy misteriosa llamó desde la selva a corta distancia detrás de ellos:

— ¡Hola . . . extraños! ¡Visitantes! ¡Por aquí!

— No es posible aburrirse . . . — dijo el doctor Cortés —. Manténganse cerca detrás de mí. Javier, mira si viene Mac-Kenzie.

Caminaron despacio y en silencio hacia el borde de la selva donde podían oír esa respiración profunda y difícil detrás de los arbustos.

— Salga — dijo el doctor Cortés —. Hablaremos.

Dos hojas muy gruesas se apartaron y allí, no tan aterrador esa vez, estaba el mismo rostro barbado y con ojos de loco.

— ¿Su nombre es Cortés? — preguntó el hombre, y los ojos grandes le brillaban en la oscuridad.

— Así es, y ¿el suyo? — preguntó el doctor Cortés.

Una mano huesuda se extendió.

— Amós Dulaney, quien fuera profesor de geología en la Universidad de Stanford.

Los Cortés se quedaron boquiabiertos de asombro, y Dulaney prosiguió:

— Por favor, ¡no hagan preguntas! Escuchen nada más. ¡Deben irse de esta isla inmediatamente! Y tengan la bondad de llevarme consigo. Podemos salir esta noche. Puedo encontrarlos de regreso en la ensenada.

— Tiene que darnos una explicación.

— ¡No hay tiempo! ¡Les explicaré más tarde! ¡Ayyy!

Los Cortés se agacharon. El doctor sacó el revólver en un instante. Algo había agarrado a Dulaney que desapareció detrás de los arbustos, gritando y retorciéndose.

— ¡Suélteme! — gritaba —. ¡Déjeme ir!

El doctor Cortés se adelantó para ayudarle, pero de repente un hombrón surgió de la selva como un elefante enojado, sostuvo por la cintura a Dulaney, quien se retorcía y pateaba, y lo llevó al lugar despejado.

— ¡No se metan en esto! — ordenó el hombre.

— ¡Auxilio! — gritaba Dulaney —. ¡No dejen que me haga esto!

El alboroto se podía oír por toda la aldea. Las puertas se abrían y los hombres venían corriendo, muchos con revólveres y rifles. Hubo gritos, órdenes, y entonces más hombres.

Los Cortés sólo pudieron pararse a mirar, enmudecidos.

TRES

MacKenzie salió corriendo de la casa de Alberto Hammond.

— ¡Agárrenlo! — ordenó.

— ¡Ayyy! ¡No! ¡No! — gritaba Dulaney.

— ¡Retírense! — otro hombre les ordenó a los Cortés.

Ellos se retiraron.

MacKenzie corrió hasta el montón de hombres y le echó un vistazo a Dulaney.

Después se retiró, con las manos extendidas hacia el hombre que se retorcía y pateaba, con los ojos desorbitados de horror.

— ¡*Moro-kunda!* — gritó.

¡Era increíble! Como si Dulaney fuera carbón encendido o una bomba a punto de explotar, todos aquellos hombres fornidos, por lo menos una docena de los más fuertes y musculosos de la aldea, lo dejaron caer al suelo y se esparcieron en todas direcciones. Cuando se habían retirado a lo que debía ser una distancia segura, apuntaron sus armas a Dulaney y rodearon al hombre que gritaba formando un círculo muy amplio.

— ¡Váyanse! — les gritó MacKenzie a los Cortés —. ¡Váyanse! ¡Este hombre está maldito!

— Hagamos lo que él dice — aconsejó el doctor Cortés, y los tres entraron rápidamente en el patio de una casa cercana, donde se quedaron de pie mirando.

Dulaney, encogido ahora en el centro de ese círculo de personas armadas, gritaba:

— ¡No le escuchen! ¡Es una mentira!

— ¡Cállate! — ordenó MacKenzie.

— ¡Está isla está condenada! — gritó Dulaney —. Todos los animales y aves han huido, la marea inunda las tierras bajas, los terremotos son cada vez más graves . . .

— ¡Dije que te callaras! — gritó MacKenzie.

Luego les dijo a unos hombres:

— Tomás y Andrés, traigan protectores. ¡Pronto!

— ¿Me oyen? — continuó Dulaney —. ¡Váyanse de esta isla mientras pueden! ¡Kelno les está mintiendo!

Tomás y Andrés vinieron corriendo con algo como pañuelos rojos. Arrojaron los pañuelos a sus camaradas y cada hombre se puso el pañuelo al cuello. Entonces, como por arte de magia, todos los hombres recobraron el valor y se adelantaron para agarrar a Dulaney.

— ¡Llévenselo! — ordenó MacKenzie.

Los guardianes se llevaron a Dulaney que seguía gritando y luchando.

MacKenzie parecía conmovido. Se volvió a los Cortés como pidiendo excusas.

— Como dije antes — casi susurró —, esta es una parte diferente del mundo. Hay muchas cosas fuera del alcance de nuestro entendimiento.

El doctor Cortés se acercó a MacKenzie.

— Quisiera que me lo explicara todo — dijo con firmeza.

— *Moro-kunda* . . .

— ¡Quiero más que eso! — interrumpió el doctor.

— ¡No puedo decirle nada más! — replicó MacKenzie —. ¿Qué quiere que diga? No es enfermedad, ni infección . . . sino . . . un mal, una locura, una maldición invisible progresiva que entra al hombre que pisa donde no debe, o manipula objetos sagrados, o desafía los poderes que gobiernan aquí.

— Se supone que usted es un misionero del evangelio de Jesucristo — dijo el doctor Cortés con los ojos encendidos —.

¡Esta noche usted se parece más a un brujo! Si es enfermedad o locura, llámela por su nombre; pero ¡no espere que acepte ningún truco vago e inescrutable de medicina pagana!

La mirada de MacKenzie se volvió fría.

— Antes yo creía como usted, pero he aprendido mucho en esta isla. Hay muchas cosas que usted no entiende, doctor . . .

— Entonces ilumíneme . . .

MacKenzie miró con enojo a Juan Cortés.

— ¡Ponga atención a mis palabras, buen doctor! Ese hombre fue antes un profesor universitario destacado e inteligente y miembro sobresaliente de esta valiente comunidad. Ahora es un loco de remate, con delirios de destrucción, y le aseguro que antes de la mañana estará muerto. Lo he visto pasar antes. Sé lo que se puede esperar.

— ¿Muerto por una maldición?

— Nadie puede desafiar ni oponerse a las fuerzas que gobiernan esta isla. El que lo haga . . . se acarrea *moro-kunda*.

El doctor Cortés señaló con un dedo el rostro de MacKenzie, y fue aumentando el volumen de su voz.

— ¿Ha olvidado el poder de la cruz? ¿Ha olvidado el señorío de Jesucristo sobre cualquier truco de Satanás? ¡No tiene que inclinarse a esto!

— Nada puede perturbar a los espíritus que gobiernan aquí — dijo MacKenzie —. ¡Ni siquiera el evangelio de Jesucristo!

El doctor Cortés se quedó mudo de asombro.

MacKenzie hizo señal a los Cortés para que lo siguieran.

— Veré que estén cómodos. Pueden irse por la mañana.

La casa de huéspedes era cómoda y acogedora, y las camas eran blandas y agradables, pero los Cortés no se sentían cómodos.

El doctor Cortés permaneció junto a la puerta, con el revólver todavía al cinto. Estaba muy despierto.

Javier miraba la selva por la ventana. Laura estaba

sentada junto a la otra ventana, en espera de cualquier sonido.

— Aquí pasa algo muy malo — susurró el doctor.

— *¡Moro-kunda!* — dijo Laura disgustada —. ¿Qué clase de juego ridículo es el de MacKenzie?

— En realidad, no observé nada malo en Dulaney — afirmó su padre.

— ¿Estás seguro? — preguntó Javier —. Me pareció muy extraño; pero ¿recuerdan lo que dijo acerca de que las mareas inundaban las tierras bajas? Lo vimos también nosotros.

Laura recordó.

— ¡Esas palmeras cerca de la ensenada!

— Correcto, y ¿qué les parece lo que dijo Dulaney acerca de la vida silvestre? No hemos oído ni un pájaro ni visto ninguna señal de animales.

— ¡No se! — dijo Javier —. En todas las otras islas que hemos visitado, el ruido de la selva lo puede mantener a uno despierto toda la noche.

— Y MacKenzie — dijo pensativo el doctor —. Para ser ministro del evangelio tiene ideas muy extrañas.

— ¿Como aquella de que Jesucristo vino a la tierra a salvarnos de la ignorancia? — preguntó Javier.

— Jesucristo no vino a salvarnos de la ignorancia — exclamó Laura —. ¡El vino a salvarnos del pecado!

— Y ¿qué les parece que ni siquiera tienen un templo en esta aldea? — dijo Javier —. Lo único que tienen es el salón de reuniones donde hablan de ¡cosas espirituales! Nos lo mostró y no vi ni una Biblia por ninguna parte.

— Ni una cruz — añadió el doctor —, y no le oí mencionar ni una vez la oración, la adoración ni la lectura de la Palabra de Dios.

— ¡Qué misionero! — dijo Laura.

— Y ¿le oyeron decir que escribió esa nota hace mucho tiempo? No debe de haber observado su fecha. ¡Fue escrita hace seis semanas!

— Dijo que no tienen armas aquí — añadió Javier —, pero

sí tenían muchas armas de fuego cuando acorralaron a Dulaney.

— Y toda esa palabrería sobre la construcción de un nuevo mundo para ellos — dijo su padre —, y la edad venidera de paz mundial. Mencionó Acuario, pero no le oí decir que el regreso de Cristo tendría algo que ver con eso.

— ¿Cómo llamó Dulaney a MacKenzie? — preguntó Laura.

— Kelno — respondió el doctor —. Cualquiera que sea su significado.

— ¿Para qué eran aquellos pañuelos rojos? ¿Cómo se detienen los gérmenes con pañuelos rojos?

— No es para detener los gérmenes, sino . . . las maldiciones, los malos espíritus, las fuerzas o como MacKenzie quiera llamarlos. Es parte de su juego. Llamó "protectores" a los pañuelos. Como amuletos, dijes o hechizos de buena suerte. Es brujería, pura y simple. Todo está muy mal.

— ¡Papá! — susurró Javier emocionado —. Mira esto.

El doctor y Laura se acercaron a la ventana.

— ¡Apaga esa luz! — dijo, y Laura la apagó.

Se quedaron en la oscuridad, mirando la selva negra y silenciosa.

En la distancia, centelleando y titilando al pasar entre los árboles y lianas, un punto de luz flotaba y se sacudía al moverse en silencio. Era lo único visible.

— Omar . . . — dijo Javier.

— ¿Qué está haciendo allá a esta hora de la noche? — preguntó Laura.

— Espera — dijo su padre —. Javier, abre la ventana un poco más.

Javier la abrió. Todos permanecieron de pie, en silencio, aguantando la respiración.

Ya lo podían oír. Cierto canto y algunos quejidos, y de cuando en cuando unos gritos en coro. El efecto era espeluznante.

— ¿Tienen una fiesta allá? — preguntó Javier.

— Allá, donde se supone que es tan peligroso, y que hay algo malo merodeando . . . — dijo en voz baja el doctor.

Escuchó un rato y luego respiró profundo y dijo:

— ¿Alguien quiere ir a caminar?

— ¿Qué? — dijo Laura con horror.

— ¡Muy bien! — dijo Javier.

Sacaron ropa oscura de las mochilas y se la pusieron. Tomaron las linternas, pero no las encendieron. Se reunieron junto a la puerta para escuchar. La aldea estaba tan callada que parecía desierta. Los ruidos extraños de la selva continuaban.

— Aquel árbol — susurró el doctor Cortés.

Uno por uno, primero Javier, luego Laura y después él, atravesaron corriendo la calle oscura y se ocultaron a la sombra de una gran palmera.

— Esos árboles de allá — les dijo su padre, y uno por uno corrieron otra vez.

Con otras carreras a cubierto y en silencio, volvieron por la calle solitaria hasta el sendero prohibido que Javier había encontrado antes.

— Ahora — dijo el doctor —, descubriremos qué es lo que MacKenzie no quiere que sepamos.

Bajaron por el sendero, dejando atrás las luces de la aldea y penetrando cada vez más profundamente en la oscuridad húmeda y limitadora de la selva. De algún lugar muy adelante todavía se oían los gemidos y quejidos horripilantes de muchas voces. Prendieron las linternas y apuntaron los chorros de luz hacia abajo al seguir avanzando.

El suelo era blando con musgo y humus. Salvo algún chapoteo ocasional, no hacían ningún ruido con los pies. Por encima de ellos, como dedos negros y viscosos, los bejucos invisibles colgaban y a veces les untaban la cara con agua y algo pegajoso. El sendero se estrechaba y oscurecía más, y luego se dividía.

— Oh no . . . — dijo Javier.

— Tenemos que separarnos — dijo el doctor —. Laura,

31

vigila aquí y danos una señal si alguien viene por detrás. Javier, ve por la derecha, y yo por la izquierda.

Con las luces bajas y la cabeza agachada para evitar las lianas pegajosas, el doctor y Javier subieron aprisa por los dos senderos.

Laura apagó la linterna y se quedó de pie en la oscuridad. Por algún tiempo pudo oír las pisadas de su padre y su hermano y captar los sonidos cada vez menos audibles de los bejucos al moverse y las ramas al quebrarse. Las voces, lo que fueran y dondequiera que estuvieran, continuaban sus quejidos, gemidos y rezos cantados.

Chapoteo. Chapoteo.

¿En qué estoy parada? se preguntó Laura. Se alumbró los pies. Sí, era el mismo musgo pantanoso. Se pasó a un suelo más firme a pocos metros de distancia.

Chapoteo.

¿Qué es ahora? No, no hay musgo aquí.

Chapoteo. Chapoteo.

Laura movió los pies. No producían tal sonido.

Chapoteo.

Se quedó fría. De alguna parte venía el ruido de gotas de agua que caían sobre las hojas anchas de una planta.

Chapoteo, chapoteo.

— ¿Papá? — susurró —. ¿Eres tú?

Nada.

Luego . . . un chasquido y chapoteo.

— ¿Javier? ¡Vamos, hombre, hablen!

En alguna parte, se sacudieron unos bejucos.

Laura encendió la linterna, y envió el chorro de luz blanca a través de la bruma colgante. Miraba por un sendero y luego por el otro.

No había señal de su padre ni su hermano.

Chapoteo. ¡Estaba detrás de ella!

Se dio vuelta.

— ¡Ayyy!

Un grito repentino y penetrante le entumeció los oídos a

Laura y le congeló los nervios. La linterna rodó entre el matorral y ella cayó a tierra, enredada en raíces, bejucos, hojas y zarcillos.

¡Algo la tenía agarrada por las piernas! Ella se aferraba, pateaba y clavaba las uñas en las ramas y raíces. Gritaba, pero el suelo musgoso y blando absorbía sus gritos.

Trató de patear otra vez, pero ya las piernas estaban inmovilizadas. Algo pesado la sostenía y atraía, aferrándose a su cuerpo, poco a poco y con fuerza.

CUATRO

El mundo de la oscuridad enredaba a Laura hasta que sintió que la consumía. Levantó la cabeza del musgo y las hojas y gritó.

Pasó una eternidad. Todavía la agarraba y la aprisionaba algo que se aferraba y colgaba de ella. Entonces escuchó un ruego como un susurro extraño:

— ¡Socórrame!

Después cesó la acción. Hubo silencio. *¿Qué ahora? Jesucristo amado, ¿voy a morir?*

Se oyó una voz.

— ¡Laura!

Alzó la vista y vio el chorro de luz de una linterna.

— ¡Papá! — dijo con voz débil.

Vio otra luz. Javier venía corriendo. Ahora los rayos de luz la iluminaban por todas partes. El peso que tenía encima se le quitó de repente, y miró apenas a tiempo para ver que su padre echaba algo a un lado como si fuera una muñeca de trapo. Apareció el revólver.

— ¡Papá, espera! — advirtió Javier, tocando a su padre.

El doctor Cortés estaba de pie sobre la forma inmóvil que estaba en el suelo, y con el cañón de su revólver apuntando y listo. Luego, casi de inmediato, se calmó y apuntó a un lado, dejando escapar un suspiro de alivio.

— Estoy bien, hijo — le dijo.

Laura se encontró en seguida sostenida y arrullada por cuatro brazos amorosos.

— ¿Estás bien, hija? — su padre quería saber —. ¿Estás lastimada?

— No sé . . . — dijo, todavía aturdida por el temor.

— ¿Puedes levantarte? — preguntó Javier.

Aunque estaba débil y temblorosa, no estaba lastimada.

— Creo que estoy bien — dijo —. ¿Qué . . . qué era? ¿Qué pasó?

El doctor Cortés fue a donde había arrojado la cosa y le dio vuelta. Todos alumbraron.

— ¡El señor Dulaney! — exclamó Laura.

Estaba muerto, con la boca todavía helada al gritar, y con los ojos abiertos y salidos de órbita por el horror.

El doctor se arrodilló junto al cadáver. Le examinó con cuidado los ojos, el rostro y la boca. Le subió una manga de la camisa y le miró la piel del brazo.

Al fin dijo en voz baja:

— Así que esto es *moro-kunda*.

Javier miró a su padre asustado.

— ¿Así lo crees, papá?

— Los síntomas son los mismos hallados en Tomás, el hombre de la balsa: La separación de la sangre, deshidratación grave y la quemadura de la carne y la piel; locura, pánico y conducta grotesca. Los médicos de Samoa me dijeron lo que debía examinar. Sea lo que sea esta *moro-kunda*, ya ha matado a dos hombres.

— Entonces ¿qué me estaba haciendo? — preguntó Laura —. ¿No me atacó?

— Diría que estaba dominado por el pánico, aferrándose a ti como el que se está ahogando se aferra del que trata de salvarlo. No era responsable de sus actos.

De repente, otro rayo de luz brilló detrás de ellos, y una voz conocida dijo:

— ¿Así que ahora me cree, doctor?

Era Adán MacKenzie, con dos de sus hombres.

— Diría que estoy muy impresionado — dijo el doctor.

MacKenzie les iluminó el rostro como si buscara algo.

— Tienen suerte — dijo —. La maldición no ha contaminado a ninguno de ustedes . . . todavía.

Se sonrió un poco, y tenía un tono extrañamente amenazador.

— Les sugiero que vuelvan todos a la aldea y a su cabaña y, por favor, no más merodeos por la selva. Les dije que no era seguro aquí. Mis hombres se encargarán del cuerpo de Dulaney.

El doctor Cortés se aventuró a decir:

— Teníamos curiosidad de saber lo que toda esa gente hacía en la selva a esta hora de la noche.

— Doctor — dijo MacKenzie con otra risa siniestra —, esta isla puede afectar los sentidos de manera extraña. No hay nadie en ninguna parte fuera de la aldea esta noche.

— ¡Oímos voces! — dijo Javier.

— Oh sí, claro — replicó MacKenzie.

Luego añadió:

— Sin embargo, joven Cortés, tales cosas se oyen aquí a menudo, y me temo . . . que eso no significa que alguien esté allí en realidad.

Cuando los Cortés estaban en su alojamiento con la puerta cerrada, fueron en seguida a la ventana para escuchar. Todo estaba ya en silencio. Las voces habían desaparecido.

El resto de la noche durmieron por turno, con dos horas para dormir y una para vigilar. Durante la hora de guardia del doctor, se quedó callado y dejó que Javier y Laura durmieran, aunque vio ese punto de luz centelleante y titilando allá lejos, encima de la cabeza de Omar, moviéndose metódicamente por la selva, de una parte a otra, como un transbordador pasando de aquí para allá en un mar tenebroso y distante . . .

El doctor Cortés se despertó sobresaltado. En un instante

supo el lugar y la condición de sus hijos y todo el equipo, y entonces se calmó. Laura todavía estaba dormida y Javier estaba sentado en su catre junto a la puerta, apoyándose contra la pared y con el cansancio reflejado en los ojos. La luz temprana del día entraba por las ventanas.

El doctor podía oír a MacKenzie hablando con mucho vigor en la plaza.

— ¿Qué pasa allá afuera? — preguntó.

— Está más enojado que un tábano — dijo Javier —. Desaparecieron unos materiales de construcción, y acusa de ladrón a todo el mundo.

— ¿Oh? — dijo, y se acercó a la puerta junto a su hijo —. En este mundo perfecto, libre de crimen y corrupción, ¿él tiene un ladrón?

— No por mucho tiempo, si puede evitarlo. Si oyeras las amenazas que hace. ¡Uy!

Ambos escuchaban mientras MacKenzie gritaba y regañaba desde la baranda de su cabaña.

— Y nunca, nuca lo duden — oyeron que decía MacKenzie —, ¡se encontrará al ladrón! Sería mucho mejor que se presentara ahora y confesara, que si yo averiguo quién es, y si no lo descubro, la isla sabe y me lo revelará. Algún día, ladrón atrevido, verás lo que significa ofender no sólo a mí y la aldea, sino al propio Acuario. Entonces no habrá quien te socorra.

— Habla como si esta isla estuviera viva o algo — dijo Javier.

El doctor Cortés se limitó a mover la cabeza y decir:

— Es un verdadero artista, ¿verdad?

Laura se sacudió y se sentó en el catre, con los ojos entrecerrados y el cabello despeinado.

— ¿Qué pasa? — preguntó.

Le explicaron y dejaron que escuchara la gritería de MacKenzie.

— Nos faltan ahora — decía MacKenzie —, varias tablas, dos cajas de clavos, diez tubos de material de relleno . . .

La lista era larga.

— Ahora les doy el resto del día para pensar en eso. Si usted es el ladrón, venga y dígamelo e implore mi misericordia. Si se devuelven esas cosas, estoy seguro de que los poderes que nos rodean tendrán piedad. Si usted sigue oculto y robando, ¿qué puede impedir que reciba la maldición? ¿Qué podría aun prevenir . . . la *moro-kunda*?

Aun desde dentro de la cabaña, los Cortés podían oír a la gente de la plaza que respondía a las amenazas con susurros temerosos entre ellos.

— ¡Como marionetas en una cuerda! — dijo el doctor.

— Le tienen miedo, ¿no es verdad? — dijo Laura.

— Así los domina — dijo su padre —. ¡Es extraordinario! ¡Como sacado de la Biblia!

— Sí — dijo Javier —, como en Segunda a los Tesalonicenses, ese pasaje acerca del anticristo que engaña a todos con poder, señales y milagros falsos, ¿verdad?

— ¡Extraordinario! — repetía el doctor Cortés —. Es como un reino del anticristo en miniatura aquí, una pequeña dictadura mundial; un hombre que gobierna a todos los que llevan el medallón de Acuario, y le temen por su gran poder para engañar. ¡Es casi una copia directa de Apocalipsis 13!

— ¿Cómo es posible que un misionero del evangelio de Jesucristo esté tan equivocado? — se preguntaba Javier —. Quiero decir que este hombre no sabe lo que dice.

El doctor Cortés escuchaba a MacKenzie ufanándose y gritando en la plaza de la aldea, y luego movía la cabeza pensativo.

— No — dijo por último —. No tiene sentido. Este hombre, si es Adán MacKenzie, está muy confundido y da lástima.

— Entonces qué le vamos a decir a la Alianza Misionera? — preguntó Laura.

— No tenemos suficiente información para decirles nada . . . todavía — respondió su padre.

Adán MacKenzie se despidió de los Cortés con mucha

amabilidad y cortesía. En realidad, casi parecía feliz y satisfecho de verlos partir. Con prontitud le gritó órdenes a Omar, quien se encargó de poner todas las pertenencias de los Cortés sobre la espalda de cada uno y de que estuvieran muy listos para salir.

MacKenzie no se detuvo allí. Le ordenó a Omar que escoltara a los Cortés a su barco para estar seguro de que no se perdieran. En opinión de los Cortés, él quería estar absolutamente seguro de que saldrían sin falta.

Con un fuerte apretón de manos, MacKenzie los despidió y dijo:

— Espero que su estadía con nosotros haya sido estimulante y alentadora.

— De veras que lo fue — replicó el doctor.

— Y le harán saber a la Alianza que Adán MacKenzie está muy bien y realizando una gran obra aquí en el mar del Sur, ¿verdad?

— ¿Por qué no les escribe y les informa usted mismo? — le preguntó de buena manera el doctor Cortés —. Estoy seguro de que les gustará tener noticias suyas. A propósito, puede hacer valer esa invitación que nunca recibieron, y enviarles otra. Estoy seguro de que les gustaría ver personalmente lo que está haciendo aquí.

— ¡Sí, lo haré! — dijo MacKenzie, mientras movía la mano en señal de despedida.

Y apuesto que no lo hará, pensó el doctor, mientras salían de la aldea y se dirigían a la selva, seguidos de Omar, alto, silencioso e imponente.

Al caminar, los tres se daban señales visuales unos a otros. Sabían que todo no podría terminar ahí. No se ajustaba al carácter de ellos salir sin tener las respuestas a las muchas preguntas que todo el viaje había dejado en su mente. De seguro, por ahora caminarían con Omar hacia el barco, y tal vez se embarcarían también, mientras Omar estuviera mirando. Cuando llegaran al barco, hablarían del asunto.

Omar comenzó a gritarles, pero no podían entender bien lo que trataba de decir. Se dieron vuelta y lo miraron.

— ¡Ustedes, ustedes vengan! — decía, señalando al lado del sendero.

El doctor caminó para echar un vistazo. Era otra senda, tan pequeña y oscurecida por la selva que ni siquiera la habían notado.

— ¡Váyanse! — dijo Omar, señalando por el sendero hacia abajo.

El doctor trató de explicar.

— No, Omar. Escuche, este no es el camino por donde vinimos. Debemos volver a la ensenada donde está anclado nuestro barco. ¿Entiende?

Omar sólo sabía que él quería que ellos fueran por esa senda, y seguía señalándola con insistencia.

Javier y Laura la miraron también. Ese espacio pequeño entre los arbustos no parecía que pudiera llevar a ninguna parte.

— Debe de haber entendido mal sus órdenes — sugirió Javier.

El doctor casi igualaba los gestos de Omar al explicarle:

— Debemos volver por el camino que vinimos. Este camino . . . *este* camino, ¿entiende?

Omar parecía frustrado. Los Cortés siguieron caminando por el sendero principal. Omar se quedó donde estaba, con el rostro enojado y desesperado. A los Cortés no les importaba. Estaban hartos de que los empujaran, les ordenaran y los escoltaran por esa isla.

Ya podían oír ese rugido, aquel mismo rugido extraño, del agua que surgía del abismo profundo atravesado por ese puente débil, precario y mortal. ¡El puente! Y pensar que lo habían cruzado en la oscuridad. Aquí, a plena luz del día, las cuerdas se veían deshilachadas y frágiles, podridas por años de intemperie, aire salino, lluvia y sol. Las tablas que formaban el piso del puente se habían podrido hasta convertirse en aserrín en muchos lugares, y faltaban muchas, con lo cual se ponía al viajero en presencia de una muerte segura ahí bajo sus pies.

¿Dónde estaba el fondo de ese abismo? Los Cortés estiraban la nuca para hallar el punto donde las paredes de roca pura llegaban al fin al río, o a la cascada, o a lo que fuera que estaba allí; pero esas paredes seguían bajando y bajando como un túnel natural de un ascensor. Javier, dominado por la curiosidad, dio varios pasos con cuidado para entrar en el puente.

Entonces agarró las barandas de cuerda, pues se le petrificó el cuerpo y los ojos se le paralizaron con una mirada de horror.

— ¡Pa . . . papá! — gritó con voz temblorosa.

El doctor se salió del camino y fue por el matorral para pisar sobre un saliente de piedra a un lado del puente. Miró por primera vez derecho hacia abajo, al abismo, y la expresión de su rostro era como la de Javier.

Laura se quedó donde estaba. No tenía deseos de mirar.

Javier creía que estaba mirando dentro de . . .

— Parece el inodoro más grande del mundo — gritó.

— Eso no es nada chistoso — lo regañó Laura.

El doctor se sonrió para sí y reconoció que la observación de Javier era muy descriptiva. El abismo tenía varios centenares de metros a través en su punto más ancho, y las paredes caían derecho unos treinta metros y formaban un cráter inmenso. Tenía que ser un cráter de un volcán extinto, la fumarola principal del volcán que formó la isla. Ahora, sin más lava que eruptar, su garganta estaba hueca y llena de agua, incluso el vórtice mayor, más feroz y atronador que algún ser humano hubiera visto jamás. El agua resoplaba, espumaba y corría en círculos en la forma de embudo vasto de garganta profunda; el centro mismo de ese embudo era un orificio sin fondo y oscuro, que giraba y hacía remolinos con un rugido continuo al chupar, que hacía eco y retumbaba en las paredes.

El doctor Cortés regresó aprisa al puente y le hizo señas

41

a Javier de que cruzara. Javier necesitó un momento para quitar la mirada de la vista increíble debajo de él, y comenzó a dar con cuidado cada paso a través del puente.

Laura lo siguió. Entró en el puente pero con mucha vacilación.

— Papá ... — comenzó a decir, pero cerró los labios con fuerza, agarró las cuerdas de la baranda y caminó.

Se alejó del suelo sólido con pasos vacilantes, columpiándose y sacudiéndose en ese puente como un pajarillo mareado por encima de los acantilados rocosos.

Ya no quedaban más precipicios, ni rocas, ni suelo bajo ella. Sólo espacio, rocío frío que caía en el cráter enorme, y lo que parecía una boca gigantesca con labios espumosos y una garganta negra y sin fondo. Laura se quedó pasmada.

— Adelante, Laura — la animaba su padre —. ¡Termina de una vez!

Ella se esforzó por dar otro paso.

¡La tabla se desmoronó! Cuando su pie resbaló, se cayó, y se agarró de las cuerdas débiles, y quedó colgando presa del terror. Por debajo de ella, como hojas de pino en vuelo, las dos mitades de la tabla caían, llevadas por el viento; se hacían cada vez más pequeñas, y casi se pierden contra la textura arremolinada e hirviente de esa boca enojada. Entonces golpearon el agua y se las tragó el vórtice monstruoso.

Laura no podía moverse. El puente seguía sacudiéndose, y ella pensaba que trataba de sacudirla y arrojarla dentro de aquel monstruo hambriento. Miró con ojos despavoridos dentro del abismo de agua arremolinada, y de repente supo con seguridad que miraba dentro de un túnel rotatorio que la mareaba. Ella era la que daba vueltas. No podía pensar. No podía soltarse.

Entonces sintió la mano de su padre sobre su brazo. Ella dejó que la levantara, y no podía dejar de aferrarse a él como una niña de dos años mientras él la llevaba cargada, un paso a la vez, con mucho cuidado, fuera de ese puente horrible y de vuelta al suelo sólido.

Su padre descargó a Laura que se sentó en el suelo un poco avergonzada.

— Está bien, hijita — dijo.

Javier volvió a cruzar el puente de regreso. *Javier, si dices una palabra, ¡te pego!* Pero él no se burló ni la regañó, sino que le dio un abrazo.

Ella comenzó a llorar.

— Lo siento . . .

— Oye, no te preocupes — dijo Javier.

— Eso pasa — dijo su padre.

— Nunca me había pasado eso antes . . . —dijo gimiendo —. De veras que me acobardé allá.

— Mira, no te echo la culpa — dijo Javier —. Todavía estoy asustado.

— No te faltaba sino que se rompiera esa tabla — dijo el doctor.

— Lo siento — volvió a decir, y sintió que volvía a estar en control de sí —; pero no creo que pueda cruzar esa cosa.

Los tres se miraron, y entonces se les ocurrió la misma idea.

— El otro sendero . . . — dijo el doctor.

— Probémoslo, por favor — dijo Laura.

— Apuesto que Omar sabía exactamente de qué hablaba — dijo Javier.

La nueva senda inexplorada descendía dando vueltas por una colina empinada por una distancia larga y luego se aplanaba, llevando a los Cortés por la selva espesa, camino al mar. Al principio no pasó nada extraño, y no había peligros aparentes.

Entonces Laura vio algo por entre los árboles y caminó despacio.

— ¿Qué es eso allá? — preguntó en voz baja.

— Como un edificio . . . — dijo Javier.

Era una construcción, como un ranchito de hierba. Más allá había otro, y más allá de esos dos, varios más.

43

— Abandonado — observó el doctor Cortés.

Examinaron el interior del primer cobertizo. No podría haber habido mucho allí para comenzar, pero había algo extraño en cuanto al vacío de la pequeña habitación.

— Alguien ha estado aquí — dijo el doctor, mirando con cuidado el piso —. Cuidado. ¿Ven eso? Huellas.

— Con zapatos — dijo Javier.

— Suelas y tacones modernos — dijo el doctor —. Y miren aquí. Han arrastrado varios objetos para sacarlos por la puerta. Muebles, probablemente.

Laura miraba en el corral rústico de afuera. Habían roto la cerca y se habían llevado el ganado.

Descubrieron que también habían sacado de la siguiente choza las herramientas, muebles y objetos de valor. Había algunos artículos rotos e inútiles esparcidos.

— Diría que han saqueado este lugar — dijo el doctor Cortés al mirar alrededor —. Alguien ha venido aquí a llevarse todo.

Siguieron bajando por el sendero. Laura, que iba delante de Javier y de su padre, fue la primera en ver la próxima vista impresionante. Se detuvo de repente en el caminito y se quedó quieta, mirando con los ojos abiertos de par en par y poniéndose una mano en la boca. La expresión de su rostro hizo que corrieran Javier y su padre.

Por mucho rato, los tres se quedaron allí sin decir palabra.

— Me pregunto si por esto Omar quería que viniéramos por este camino — dijo Javier.

— Como si quisiera que viéramos esto — añadió Laura.

Más abajo yacía toda una aldea de chozas, cobertizos de animales, corrales y una cabaña. La aldea estaba completa y parecía que había estado habitada recientemente. En cuanto a lo que los Cortés entendían, sólo había una cosa mala en ella, y era que la mitad estaba debajo del agua.

— Primero esas palmeras y ahora esto — dijo el doctor.

— Ahora sabemos que hay algo mal — añadió Laura.

— Y también lo sabía Dulaney.

— ¿Y también Tomás? — preguntó Javier.

— Esta aldea pudo haber estado habitada ayer — dijo el doctor Cortés —. Esta marea extremadamente alta es algo muy reciente.

— Entonces ¿a dónde se fue toda la gente? — dijo Laura pensativa.

El doctor sólo movió la cabeza asombrado.

— Me imagino que han huido. Han evacuado la isla y muy rápidamente. Apuesto que el señor MacKenzie y su gente tienen ahora esta isla para ellos solos.

Javier se acordó de la nota de MacKenzie.

"Vengan pronto, la isla . . ." ¿Qué quería decir en realidad con eso?

— Vamos a regresar — dijo el doctor Cortés.

El regreso fue más rápido a la luz del día. Tenían un objetivo en mente: Ese sendero extraño y prohibido que MacKenzie no les dejaba explorar, donde Dulaney halló su muerte trágica.

A la vista de la aldea, se agacharon detrás de unas rocas. Podían ver la calle principal, que tenía mucha gente ocupada en sus negocios diarios. De alguna manera los Cortés tendrían que llegar a esa senda sin ser vistos.

— Laura, tú vigilas — le dijo al oído su padre.

Ella se ocultó en un árbol viejo y vigiló la calle de la aldea. A veces la calle estaba vacía por algunos segundos.

Llegó uno de tales momentos. Ella movió la mano y Javier corrió por el camino abajo para entrar en la aldea, ocultarse detrás de un cobertizo y, luego, se fue en sesgo por la senda prohibida y desapareció en el momento en que unos carpinteros reaparecían en la calle. Estaban armados y parecían un poco nerviosos.

El doctor Cortés fue el siguiente espía, y Laura fue la que corrió hacia el sendero. En pocos segundos, llegó allá y desapareció sin ser vista dentro de la selva.

El doctor esperó su oportunidad y los siguió. Al fin, se reunieron y siguieron aprisa.

— Muy bien — susurró el doctor —, aquí está la encrucijada a la que llegamos anoche. No nos separaremos esta vez . . .

— Gracias — dijo Laura.

— Iremos por la izquierda y veremos que hallamos.

Iban por la selva, agachándose bajo aquellos bejucos húmedos, corriendo de un lado a otro, alrededor de troncos caídos, raíces y pantanos, mirando y escuchando.

Javier señaló un árbol alto con un nido grande y vacío en las ramas. Por el camino observaron varios más, y también madrigueras vacías y dispersas. Dulaney tenía razón. Los animales habían huido.

Al rato vieron la luz de un lugar despejado a través de los árboles. Se agacharon para ocultarse, escurriéndose junto al suelo musgoso y húmedo hasta llegar al borde del lugar despejado. Entonces se separaron y se escondieron detrás de una roca grande, un árbol y un matorral extenso.

Había algo malo y misterioso en ese lugar. Los árboles altos lo cubrían como si lloraran, o estuvieran moribundos, y un hedor extraño y fétido llenaba el aire como de algo muerto y putrefacto. El lugar estaba en silencio, y el suelo era rocoso. Las muchas piedras grandes levantadas y dispersas lo hacían parecer como un templo o santuario primitivo. Podrían haber sido marcadores astrológicos, o mesas, o pedestales, o . . .

— ¿Altares? — susurró el doctor.

En el centro del claro había una depresión muy ancha en el suelo, o un orificio. No podían ver su fondo, sólo el borde. Quizás era una clase de foso de fuego. El doctor se aventuró con cuidado a entrar en el claro, seguido de sus hijos. Al acercarse al centro, pudieron ver los lados del supuesto foso de fuego que bajaban mucho, y fue sólo cuando los Cortés estuvieron al fin en el borde mismo que pudieron ver el fondo arenoso a unos cinco metros abajo.

El piso del foso estaba cubierto de huesos secos y blanquecinos.

— Señor Dios — susurró el doctor Cortés en una oración de preocupación —, ahora ¿qué?

— ¿Un foso de sacrificios? — preguntó Javier, como si fuera necesario preguntar.

El doctor se arrodilló para mirar mejor.

— De modo que . . . aquí se practica cierto paganismo y brujería. Han usado el foso recientemente — observó, y esa misma observación lo hacía sentir enfermo —. Uno de los cadáveres de animales no ha estado allí mucho tiempo.

— Papá — dijo Javier con voz muy débil —. ¡Creo que veo huesos humanos allá abajo!

El doctor analizó el foso.

— Otro respiradero volcánico, creo. Podría penetrar profundamente dentro de la isla. Algún tipo de animal carnívoro debe vivir allí . . . algo que se alimenta de . . . las ofrendas.

Se levantó y se alejó del foso. ¿De qué valía seguir hablando de eso?

— ¿Suponen ustedes que esto es lo que oímos anoche? — preguntó Javier —. ¿Cierta ceremonia realizada aquí?

— No sé — dijo su padre, y estaba muy pensativo —. En realidad, no creo que las voces que oímos anoche procedían de esta dirección.

Miró a través del claro y dentro de la selva más allá.

— Creo que pudieron haber venido de algún lugar por allá, lo cual significa que tal vez no hemos visto todo lo que hay que ver.

— Yo he visto todo lo que quiero ver — dijo Laura.

— Voy a confrontar a MacKenzie acerca de esto. Mientras tanto, me gustaría inspeccionar ese sendero de allá y ver . . .

Se rompió una rama. Hubo un crujido en la selva. Los Cortés se lanzaron hacia el sendero por donde habían venido, pero ya estaba vigilado por hombres armados, con los rifles listos y apuntándoles.

CINCO

Aparecieron más guardias en otra entrada del claro, y también blandían sus armas. Los Cortés estaban atrapados.

— Doctor Cortés — llamó una voz —, debiera saber que esta isla está llena de ojos, y yo sé todo lo que ven.

Por supuesto. Allí estaba Adán MacKenzie, entre dos guardaespaldas, mirando a los Cortés con sorpresa y enojo reflejados en el rostro.

El doctor Cortés ya se estaba cansando de todo ese misterio y esas armas. Se adelantó con valor y se enfrentó cara a cara a ese extraño gobernante de la isla.

— ¿Por eso es que no quería que nos aventuráramos a entrar en la selva? ¿Qué es este lugar, y qué pasa aquí?

Pero MacKenzie no podía responder. Se había puesto pálido, y se le salían los ojos de horror.

— ¡Protectores! — gritó.

Cada uno de los hombres armados sacó de inmediato el pañuelo rojo y se lo envolvió alrededor del cuello. El temor se veía en todos los rostros. Algunos revólveres se estremecían en las manos temblorosas.

— ¡Moro . . . moro-kunda! — gritó MacKenzie con voz temblorosa —. No se muevan, ustedes tres, o haré que mis hombres abran fuego contra ustedes aquí mismo.

Los Cortés miraban a todos los hombres temblorosos, y comprendieron algo horrible.

—Papá, él trata de ponernos una trampa —susurró Javier desesperadamente.

—Lo sé —replicó su padre.

Luego le dijo a MacKenzie:

—Escúcheme, MacKenzie, y bien. No sé lo que es su *moro-kunda*; pero le aseguro que ahora se entremete con Dios, que es más poderoso que todas las maldiciones o poderes con los que pueda soñar.

—Lo siento mucho, doctor —dijo MacKenzie—. Créame que no quiero hacerle daño, pero usted ha invadido terreno sagrado aquí, y ahora no cabe duda de que los tres han contraído la maldición.

—No dará resultado, MacKenzie —le dijo el doctor Cortés con frialdad.

MacKenzie movió la cabeza en señal de tristeza.

—Ustedes se han entremetido con los poderes secretos de la isla. Sí, doctor Cortés, por eso les advertí que no se metieran en la selva. Debieron haber escuchado. ¡Ahora tal vez sea demasiado tarde!

MacKenzie inclinó la cabeza y los guardias avanzaron, agarraron a los tres y les quitaron las mochilas y el revólver del doctor.

—No me dejan alternativa —dijo MacKenzie con un brillo extraño en los ojos—. Por el bien de mi gente aquí, debo encerrarlos hasta que la maldición haya ... terminado su obra.

La choza que servía de cárcel estaba sólidamente construida, con paredes gruesas de troncos y una puerta de tablones pesados (con cerradura por supuesto). Las ventanas eran sólo orificios para mirar y el cuartito estaba iluminado con una sola bombilla que colgaba del techo. Había un guardia afuera.

Javier y Laura estaban sentados en dos catres. El doctor Cortés caminaba sin dirección fija de un lado a otro, pensando, orando y meditando.

— Creo que me estoy asustando — dijo Javier.

— Al fin lo admites — dijo Laura.

— ¡Ya basta, hijos! — interrumpió su padre —. Es normal tener miedo, pero si nos rendimos a él nunca saldremos de aquí.

— Sólo pienso en el rostro y los ojos del señor Dulaney — dijo Laura, y susurró —: Papá, ¿nos va a pasar eso?

El doctor Cortés miró el techo de paja y dijo:

— El Salmo 91 es bueno para ocasiones como ésta, especialmente la parte que dice que el Señor nos librará del lazo del cazador y de la pestilencia que ande en oscuridad.

Javier se animó un poco al repasar ese salmo en la mente:

— "No te sobrevendrá mal, ni plaga tocará tu morada" — citó.

— Ni nuestra cárcel — dijo Laura, un poco más animada.

El doctor siguió caminando, pensando y hablando:

— Lo que hago ahora es orar que el Señor me revele la manera de salir de este enredo.

— Y ¿qué de la maldición, papá? — preguntó Javier —. ¿Qué de la *moro-kunda*? Ya *ha* matado a dos hombres. Tú mismo lo dijiste. MacKenzie habla en serio.

— Tienes razón, hijo — admitió su padre —, pero cabe preguntarse si eso es de veras obra diabólica, o un truco que MacKenzie usa para asustar a la gente. Piénsenlo. Estoy seguro de que tiene a toda la aldea esperando ahora para ver lo que nos va a pasar, y si algo pasa . . .

— ¡Tendrá a toda esa gente completamente bajo su voluntad! — dijo Laura.

— Exactamente. Esa maldición parece algo demasiado conveniente, y muy bajo su control para explotar cuando quiera a quienquiera.

— ¿Cómo evitaremos terminar como Tomás y Dulaney?

— Nos anticipamos — dijo el doctor —. Nos preparamos para cualquier eventualidad.

— ¿Qué pasaría si es algo demoniaco? — dijo Javier.

— Oramos antes para poder rechazarlo y expulsarlo.

— ¿Y si es una enfermedad? — preguntó Laura.

— Oramos para pedir la protección de Dios y la sanidad.

— ¿Qué más podría ser? — se preguntó Javier.

El doctor seguía mirando al techo y luego a las paredes.

— No sé — dijo —, creo que tendremos que averiguarlo cuando . . . llegue aquí.

Pasaban las horas, y el ángulo de los rayos del sol que penetraban por los orificios se volvió cada vez más indefinido hasta que el sol se ocultó tras los árboles más allá del horizonte del Pacífico.

A los Cortés no les dieron nada de comer, pues a nadie se le permitía acercarse a la cárcel. A veces podían oír una conversación afuera, siempre en tono bajo.

— ¿Cómo están? — alguien preguntaba.

— Todavía vivos y callados — respondía el guardia.

Después había comentarios en voz baja sobre cuánto tiempo tardaría, y que esos visitantes necios debieron de haber sido más precavidos, y que el gran líder siempre era tan sabio y correcto en tales cosas.

— Es como un cruce entre el pabellón de la muerte y el zoológico — dijo Javier con amargura.

— Parece que su gran líder hace de esto un gran espectáculo — dijo su padre.

— No quiero morir — se repetía Laura.

La luz solar que entraba por los orificios se desvaneció al fin, y se hizo de noche. La aldea afuera se quedó en silencio. La guardia cambió. Pasaron algunas horas más.

— ¿Cómo se sienten? — preguntó su padre.

— Aburrida, eso es todo — dijo Laura.

— Casi me quedo dormido — dijo Javier —. No sé si . . . ¡eh!

— ¡Oh, oh! — dijo Laura.

El doctor Cortés se recostó contra la pared de troncos. La bombilla que colgaba del techo comenzó a mecerse, haciendo que las sombras de alrededor del cuarto se estiraran y bailaran como fantasmas burlones. Por debajo de ellos, la tierra se agitaba con un ruido muy bajo.

— Terremoto — dijo el doctor.

Podían oír al guardia afuera diciendo entre dientes y aterrorizado:

— ¡Moro-kunda!

Alguien más añadió:

— ¡Como se nos dijo! ¡Está comenzando!

La bombilla se mecía en su cable mientras las sombras del cuarto se agitaban enloquecidas. Luego, con el movimiento final, la bombilla chocó contra una viga del techo y explotó con un relámpago encendido. El cuarto quedó en tinieblas.

— ¡No faltaba más! — dijo Javier.

El ruido y el sacudimiento continuaron algunos segundos más, y después pasaron.

Los Cortés se quedaron muy quietos en la oscuridad, como si esperaran que ocurriera algo más. Nada pasó. Se calmaron.

— Dulaney no estaba loco — dijo el doctor —. El tenía razón respecto a las mareas y a los animales, y ahora vemos que también tenía razón en cuanto a los terremotos.

— '. . . La isla . . .' ¡está en una situación muy grave! — dijo Javier, para completar la nota de MacKenzie.

— Ahora ¿qué? — preguntó Laura.

— Laura, tú oras primero. Lo haremos por turno — dijo su padre.

Entonces oraron, sentados en aquella cárcel estrecha, en la oscuridad, esperando lo que fuera que les sobreviniera. Laura derramó su corazón delante de Dios; Javier oró con mucho fervor y un poco de enojo; el doctor oró principalmente por sus hijos, que los dos permanecieran vivos para servir al Señor por muchos años más. Pronto los Cortés estaban alertas y de buen ánimo, listos para lo peor, aunque su corazón estaba en paz. Dios estaba con ellos, y eso era todo lo que necesitaban saber.

Más tarde en la noche, un sonido conocido y horrible entró por pequeños orificios al cuarto oscuro.

— ¡Están en lo mismo otra vez — dijo el doctor.

Sí. Eran esos quejidos de nuevo, y los rezos extraños y los gritos horripilantes.

— Lo mismo que anoche — dijo Laura, y luego añadió con un tono escalofriante —: la noche en que murió el señor Dulaney.

— ¿Qué piensas, papá? — preguntó Javier —. ¿Podrían estar tratando de invocar la maldición sobre nosotros ahora mismo?

— No me sorprendería — respondió el doctor Cortés, al acercarse a uno de los orificios.

Una luz muy tenue brillaba a través del orificio y proyectaba un cuadrado pequeño de luz al rostro del doctor mientras miraba la selva. Tenía los ojos vigilantes e intensos.

— ¿Ves algo? — preguntó Javier.

— A Omar — respondió.

Javier y Laura fueron al orificio y miraron por turno. A lo lejos, como una estrella que titila distante, la luz de aquella antorcha se movía firme por la selva, serpenteando, haciendo pausas y con movimientos furtivos.

— ¿Qué hace allá? — se preguntó Laura.

De repente sintió que su padre le agarraba un hombro. Se puso fría. El escuchaba algo. Los tres quedaron en silencio y esperaron.

¿Pisadas en la hierba afuera? Quizás era el viento. ¿Hacía el guardia ese ruido? Pensaron que oían arañazos, un ruido de fibras, y un desmoronamiento muy firme y lento como el chasquido de hojas secas.

El doctor, todavía iluminado por aquel rayito de luz, miró al techo, pero era demasiado oscuro para ver nada.

Sin embargo, mientras escuchaban, y volvían la cabeza a uno y otro lado . . . sí, el sonido estaba por encima de ellos. ¡Estaba tan callado! Podía haber sido un ratón, una araña o la caída de una hoja.

Silencio. ¿Se había ido lo que causaba el sonido?

Luego vino un nuevo ruido. Era un zumbido de tono alto y ondulante, casi como el sonido de un avión distante. Primero lo oyeron en alguna parte del techo de paja sobre su cabeza; pero se acercó más bajo y se movía alrededor del cuarto.

Los ojos del doctor se apartaron del cuadradito de luz.

Zzzzzzzzzzz . . . zzzzzzzzzz . . .

De repente se oyó un raspar y se vio la llama de un fósforo al encenderse. La luz amarilla llenó el cuarto. El doctor sostenía el fósforo en alto. Miraba rápido alrededor. Tenía los ojos abiertos de par en par.

— ¡Agáchense! — les gritó.

Javier y Laura se tiraron al suelo. El fósforo se apagó. La oscuridad volvió.

Zzzzzzzzzzz . . . zzzzzzzzzz . . . El sonido bajaba más y se iba acercando.

Otro fósforo iluminó el cuarto. Temblaba y recorría la choza. El doctor corría de aquí para allá, acurrucándose, agachándose, con los ojos desorbitados por la emoción.

— ¿Lo ven? — gritaba —. ¿Lo ven?

SEIS

Javier y Laura miraban por todas partes, girando en toda dirección, tratando de ver aquello por lo que gritaba su padre.

¿Qué fue eso? Era sólo un borrón en la luz tenue, una mancha confusa que serpenteaba por el aire, yendo en diferentes direcciones. De repente, como un proyectil diminuto, se disparó hacia Javier.

— ¡Agáchate! — gritó el doctor Cortés.

Javier ya se había agachado cuando aquella cosa extraña le pasó velozmente junto a una oreja con un zumbido muy alto, como el de un motor acelerado. Javier y Laura se pusieron de pie de un salto, para ver adónde se había ido.

El fósforo se apagó.

— ¡Papá! — gritó Javier.

— ¡No dejes que se pose en ti! — fue lo único que pudo decir mientras se esforzaba por encender otro fósforo.

ZZZZZZZZZZZZ. El sonido pasó junto a Laura esta vez, y ella se tiró y dio vueltas sobre un catre en la oscuridad.

— ¡Cúbranse la cabeza! — les gritó su padre.

Ellos se levantaron el cuello de la chaqueta para cubrirse el rostro mientras el doctor lograba encender otro fósforo.

ZZZZZZZZZZZZ . . . sonaba el punto oscuro en el aire, yendo velozmente hacia el doctor Cortés. Se agachó, y aquella cosa chocó contra la pared. Su zumbido se detuvo por un segundo, y hubo como una nubecita de vapor.

ZZZZZZZZZZ . . . Siguió volando por el cuarto, zumbando sobre ellos, yendo en picada, persiguiendo, más agresivo en cada intento.

Entonces el fósforo se apagó, y Laura gritó:

— ¡Está sobre mí! ¡Está sobre mí!

Javier agarró la frazada y golpeó en la oscuridad el cuerpo de Laura. El podía oír ese zumbido en la espalda de ella.

Se encendió otro fósforo.

— ¡Quítate ese abrigo! — gritó su padre.

Laura se lo quitó y lo arrojó al suelo. El sonido se desprendió del abrigo y continuó volando alrededor del cuarto.

ZZZZZZZZZZ . . . Javier se agachó otra vez, y luego golpeó contra la pared con la frazada. El zumbido se detuvo y arrancó otra vez.

El doctor saltó a un catre y persiguió aquella cosa con el sombrero, golpeando, agachándose y volviendo a golpear.

El aire se llenaba de un olor fuerte a quemado.

ZZZZZZZZ . . . zzzzzzzzz . . . ZZZZZZZ sonaba aquella cosa.

Se apagó el fósforo. El doctor luchaba y tropezaba en la oscuridad. De repente, hubo un ruido metálico alto.

El doctor Cortés pegó un grito escalofriante.

— ¡Papá! — gritaron Javier y Laura en la oscuridad.

Sonó la cerradura de la puerta. Se corrió el pasador. Se abrió la puerta y apareció una silueta musculosa y enorme en el umbral, iluminando el cuarto con una linterna.

De alguna parte en la oscuridad, una rodilla le golpeó el rostro al guardia, y luego ¡TAN! Una olla metálica grande le dio en la cabeza. El hombrón cayó al suelo.

Javier y Laura estaban mudos y aterrorizados. ¿Qué había sucedido?

Alguien tomó la linterna de la mano fláccida del guardia.

— No se muevan, hijos — se oyó la voz del doctor.

— Papá, ¿estás bien? — gritó Javier.

— Sí, gracias al Señor — dijo —. ¡No se muevan!

El chorro de la linterna recorrió el cuarto en busca de algo, deteniéndose al fin en medio del piso.

— Ah, allí está — dijo el doctor.

Javier y Laura vieron algo extraño: Un círculo oscuro y ardiente se expandía lentamente sobre la tabla del piso, despidiendo un olor fuerte a quemado.

En el centro del círculo estaba . . . aquella cosa.

— ¿Qué es eso? — preguntó Laura horrorizada.

El doctor movió la cabeza en señal de asombro y contestó:

— *Moro-kunda.*

— ¿Un insecto? — preguntó Javier con incredulidad.

— Una mosca tigresa africana, de alas partidas — respondió su padre, mientras se arrodillaba a mover el insecto con una ramita —. En realidad, nunca había visto una hasta ahora. Laura, tenemos que abandonar tu abrigo.

Miraron el abrigo de Laura, tirado en el piso. También tenía una mancha ardiente y oscura, que avanzaba despacio y despedía un chorrito de humo.

— ¿Qué es? — preguntó —. ¿Acido?

— Sí, el veneno del insecto. Mira aquí.

El doctor Cortés levantó el insecto un poco con la varita y señaló una ponzoña horrible que parecía gotear agua hirviente. Cada gota levantaba una nube de vapor pútrido y quemante.

— Muy ácido y mortal. La ponzoña casi no deja señal, pero el veneno entra en la corriente sanguínea en seguida y causa los síntomas observados en Tomás y después en Dulaney. Ambos fueron quemados y consumidos de adentro para afuera.

Fue sólo entonces que Javier comenzó a temblar. Se sentó en un catre y trató de controlarse.

— Pero, ¿qué pasó? — le preguntó Laura —. Lo oímos gritar.

— ¿Fue convincente? — preguntó su padre.

— ¡Claro que sí! — dijo Javier.

— Pues . . . — dijo el doctor con una sonrisa —, yo sabía

que ya había golpeado la mosca tigresa mortalmente con aquella olla vieja que está allá.

El miró hacia un rincón del cuarto, y Javier y Laura vieron una olla metálica muy grande en el piso junto al guardia caído.

— Creo que eso iba a ser el inodoro para nosotros — añadió el doctor y guiñó un ojo.

— Oh . . . me alegro de que no hayamos bebido nada — dijo Laura.

— De todos modos, pensé que podría sacar provecho de nuestra situación y darle al guardia lo que esperaba. Fue una jugada atrevida, pero cuando él me oyó gritar, debe de haber pensado que la maldición había atacado, y no pudo esperar a entrar aquí y ver lo que había ocurrido.

— ¡Y tú lo golpeaste! — dijo Javier triunfante.

— Y ahora el Señor nos ha ayudado a hacer algo con lo que no contaba Adán MacKenzie: Hemos sobrevivido para revelar su truco.

— Ah . . . — dijo Javier.

— ¿Quiere decir que MacKenzie puso ese insecto en la choza para matarnos? — preguntó Laura.

El doctor Cortés enfocó el chorro de luz de la linterna hacia el techo.

— Hubiera sido fácil insertar la mosca a través de ese techo de paja. Ese debe de haber sido el sonido que oímos. En cuanto a la mosca, ni siquiera es nativa de los mares del Sur. Alguien, y todos podemos adivinar quién, las importó con ese fin, creo yo. Eso es una "maldición" muy convincente.

— Así es — dijo Laura, muy impresionada.

— ¿Alguien quiere salir de aquí?

Encerraron al guardia en la choza, usando sus llaves.

— Ahora ¿qué? — preguntó Javier.

— Necesitamos recuperar nuestras pertenencias, y . . .

El doctor se calló y se quedó mirando la selva.

Javier y Laura miraron y allá estaba ese puntito de luz otra vez.

— Y me gustaría averiguar lo que hace aquel hombre — dijo el doctor.

Se deslizaron en silencio por la selva, agachándose por debajo de los bejucos húmedos y pegajosos otra vez, moviéndose por el mismo sendero con la linterna que le quitaron al guardia y que llevaba en la mano el doctor.

Se acercaban a aquel punto de luz. Otra derivación del camino parecía llevar directamente a él.

Cuando estaban bastante cerca como para observar el parpadeo de la llama de la antorcha, se movieron muy despacio y en silencio.

Parecía que Omar no iba para ninguna parte en ese momento. Estaba parado y quieto en un sólo punto.

El doctor apagó la linterna, y se acercaron más en la oscuridad, palpando con los dedos el piso húmedo y blando para hallar el camino.

La llama de la antorcha ya estaba muy cerca, como a siete metros de distancia.

El doctor alzó la cabeza apenas lo suficiente para mirar la llama por encima de los arbustos. Miró un momento . . . y entonces exhaló un suspiro y relajó el cuerpo como aflojándose un poco. Tenía una expresión muy curiosa en el rostro.

Javier y Laura se levantaron para mirar.

La antorcha no estaba sobre la cabeza de Omar como de costumbre, sino sola sobre una roca.

Los Cortés salieron del escondite y fueron hacia la roca para inspeccionar más de cerca. No había nada extraño acerca de la antorcha ni de la roca, pero hallarlas juntas en medio de la noche era un rompecabezas.

— ¿Es esto . . . una artimaña? — se preguntó Javier —. Presiento que nos han engañado.

— No tiene sentido, ¿verdad? — dijo el doctor —, pero pensemos en esto un momento: El nos hizo pensar que estaba aquí. ¿Trata de engañar a alguien más de la misma manera?

—Entonces, ¿dónde está él en realidad? — inquirió Laura.

—Y ¿por qué está allá, y no quiere que nadie lo sepa? — preguntó Javier.

El doctor no podía dejar de reírse un poco, tal vez por su frustración.

—Pues bien, hasta ahora todo el viaje ha sido lo mismo: preguntas, preguntas y más preguntas, pero ninguna respuesta.

—Y esa fiesta sigue todavía — dijo Javier, indicando con la cabeza hacia las muchas voces que todavía gritaban y cantaban en algún lugar de la selva.

—Iremos a visitarlos — dijo el doctor.

El corazón les palpitaba acelerado mientras avanzaban por la selva, siguiendo el sendero torcido, siempre haciendo pausas para escuchar y mirar. Se acercaban los sonidos de los lamentos y los rezos. Los Cortés seguían adelante.

Entonces el doctor se detuvo y se apuntó a la nariz. Javier y Laura olfatearon el aire. Podían oler algo quemado, como el olor de chispas o de piedras calientes. Avanzaron, paso a paso, captando el olor cada vez más fuerte.

Ya podían ver lo que parecía otro claro y un brillo de fuego color naranja que resplandecía sobre los árboles. Los aldeanos debían de tener alguna reunión alrededor de una fogata.

La "fiesta" estaba en lo mejor cuando los Cortés se acercaron, al fin, furtivamente y arrastrándose hasta el borde del claro. Laura halló un buen lugar en un árbol para mirar. Javier se subió en un peñasco cercano, y el doctor era bastante alto para ocultarse y observar lo que ocurría en el claro.

Esa superficie se parecía a un anfiteatro grande, al aire libre, con troncos colocados como bancos, todos frente a un enorme foso de fuego en el centro, ahora rojo, refulgente, y cubierto de piedras. Los bancos estaban llenos de aldeanos: madres, padres, hijos, trabajadores. Todos se lamentaban y quejaban con un rezo extraño como si estuvieran en un culto hipnótico y diabólico. Los participantes estaban en trance, y se mecían de un lado a otro como un campo de hierba, con los ojos vacíos y fijos, y los cuellos estirados como si estuvieran colgados por el cabello.

Sin embargo, fue el montón de piedras encendidas, refulgentes y ardientes lo que captó la atención de los Cortés. Asombrados y asustados, miraban a los que habían sido profesores universitarios, abogados y ejecutivos, como marionetas poseídas, pisar descalzos las rocas calientes y encendidas, caminar sobre ellas, y luego salir al suelo otra vez ante los aplausos de la multitud, sin que el calor calcinante e increíble les afectara los pies.

Después de haber pasado por la prueba de fuego, se arrodillaban entonces ante Adán MacKenzie, que estaba de pie al otro extremo del montón de piedras, oficiando todo el rito, animando a los nuevos iniciados y holgándose de la admiración y la gloria.

Javier había visto cuadros y películas de esos ritos extraños.

— ¡Caminan sobre fuego! — exclamó con un susurro.

El doctor confirmó con la cabeza.

— Ahora recuerdo algo del cadáver de Tomás: Tenía quemado el pelo de los pies, y había polvo de ceniza debajo de las uñas. El caminaba sobre fuego.

Los Cortés permanecían muy quietos en la oscuridad, hechizados por el rito extraño. Ahora unas mujeres fueron al montón de piedras y miraron a MacKenzie, pidiendo su bendición. El extendió una mano hacia ellas y las invitó a acercarse. En el estupor del trance, dieron un paso, luego otro, un pie descalzo a la vez. El humo enrojecido por el fuego subía y se revolvía alrededor de sus pies.

El doctor Cortés estaba enojado y avergonzado por lo que veía.

— ¡Una fiesta para caminar sobre el fuego! — dijo, moviendo la cabeza en señal de disgusto —. Gente bajo el poder demoniaco, caminando sobre piedras muy calientes sin quemarse, y ¡creen que hallarán la salvación en eso!

— ¡Qué hermoso nuevo mundo! — dijo Javier.

— ¡Es algo muy trágico! Es obvio que se han apartado de Dios y de la verdad de Jesucristo, y ahora, pensando que han descubierto cierta fuerza cósmica nueva y grandiosa, no han hecho sino caer en las tinieblas y la esclavitud de la hechicería y del paganismo. Intelectuales civilizados, de la cultura occidental, supuestos cristianos . . . ¡caminando sobre brasas encendidas!

El doctor Cortés estaba muy disgustado.

— ¿Cuál es ese versículo de la Biblia que se refiere a apartarse de la verdad? — preguntó Laura.

— "Escuchando a espíritus engañadores y a doctrinas de demonios" — replicó el doctor —. Primera a Timoteo, capítulo cuatro, versículo uno, creo. Satanás ha engañado a esta gente.

— Pues puedo ver que el viejo MacKenzie sí los ha engañado. ¡Los hace pensar que él es Dios! — dijo Javier.

— Ya sabemos donde están él y sus seguidores.

El doctor les hizo señas a Javier y Laura, quienes descendieron de sus puntos de observación.

— Mientras el gato está ausente los ratones se divierten. Vamos a echar un vistazo a su cabaña.

Salvo dos o tres vigilantes que hacían sus rondas por ahí, la aldea estaba desierta mientras sus habitantes "hablaban de asuntos espirituales".

La cabaña de MacKenzie estaba en la orilla de la aldea, rodeada de la selva por tres lados. Los Cortés hallaron muchos lugares para ocultarse. Le dieron vuelta a la casa lejos de la plaza de la aldea y subieron a un árbol para llegar al balcón. Uno por uno, pasaron por encima de la baranda y se agacharon para ocultarse en las sombras de la parte de atrás de la cabaña.

El doctor se acercó despacio a la puerta de atrás y trató de abrirla. No estaba cerrada con pestillo. Parecía que MacKenzie era muy confiado. El doctor abrió la puerta y entraron.

La cabaña estaba bien amueblada; se veía que MacKenzie era rico en su pequeño reino insular. La sala tenía recuerdos de los mares del Sur, desde armas primitivas hasta amuletos paganos de partes de animales y dijes de piedra y de huesos. Había ídolos por todas partes, imágenes de monstruos, culebras y lagartijas, mirando en todas direcciones desde el piso, las paredes y el cielo raso con ojos de fuego enjoyados, caras horribles y expresiones tétricas con las fauces abiertas. El lugar parecía un salón de la fama de lo demoniaco.

A lo largo de una pared había un biblioteca extensa que contenía centenares de libros. Javier miró algunos títulos y descubrió que la mayoría trataban de misticismo, hechicería, embrujamiento y adivinación.

— ¿Hay una Biblia en todo ese desorden? — preguntó el doctor.

— No veo ninguna — replicó Javier.

— Pues, ¿qué esperábamos? — dijo Laura.

— ¿No es extraño — dijo en voz baja su padre —, que un hombre que ha pasado tantos años en el campo como misionero confiable y consagrado haya caído tanto en el paganismo, que dejara atrás aun su confianza en la Palabra de Dios? Me cuesta trabajo aceptarlo.

El doctor Cortés notó otra puerta a la salida de la sala principal, y la abrió. La luz de la linterna reveló lo que parecía una oficina. Había más estantes de libros, unos archivos, unos planos y un escritorio muy grande.

— Tal vez encontremos algo aquí . . .

¡ZZZZzzzzzz!

El doctor dio un salto atrás y cerró la puerta rápidamente.

— ¿Papá? — preguntó Javier —. ¿Qué pasa? ¿Qué es?

Su padre exhaló muy despacio y se calmó.

— Una vez por noche es más que suficiente — dijo.

Abrió un poco la puerta otra vez y recorrió con la luz de la linterna el interior, desde el piso hasta los archivos y los estantes, y luego hasta un armario con la puerta un poco abierta.

¡ZZZZZZZZZ! Aun Javier y Laura podían oír el zumbido desde la sala, y se acurrucaron en seguida, agachados, y se alistaron para correr o pelear.

— Bueno . . . echémosle un vistazo a esto — dijo el doctor. Entró lentamente en el cuarto. La luz perturbaba algo que estaba dentro del armario. Javier y Laura se quedaron afuera, mirando por la puerta mientras su padre se acercaba al armario y su puerta.

— Papá . . . — decía Laura, con una mano sobre la boca.

El doctor le indicó que se callara y luego, muy despacio y con cuidado, fue abriendo la puerta.

La abrió algunos centímetros. Sí, el sonido ya conocido salía del interior. Iluminó con la linterna para ver mejor.

Sus hijos se quedaron donde estaban, mirando con los ojos muy abiertos.

Entonces él acabó de abrir la puerta muy despacio.

— Está bien — dijo al fin —. Están enjauladas.

Javier y Laura se acercaron a mirar, y les disgustó lo que vieron. Allí, en el estante del fondo del armario de la oficina de MacKenzie, en una jaula de malla, había docenas, un enjambre de las mortales moscas tigresas.

— ¡Qué colección! — dijo el doctor Cortés.

— *Moro-kunda* . . . en una jaula — exclamó Javier.

El doctor estaba listo a cerrar esa puerta otra vez, para ahogar el cólerico zumbido.

— Esto confirma nuestras sospechas. Me temo que tenemos un asesino implacable en las manos, un engañador de la peor clase.

El doctor fue al escritorio y miró en las gavetas.

— El tiene mi revólver en alguna parte, y quiero recuperarlo.

El revólver no estaba en el escritorio, pero el doctor sí halló una carpeta de papel de manila que lo dejó intrigado. Dentro de la carpeta había planos, cartas y fotografías.

64

— Bien, ¿qué les parece? — dijo, mientras inspeccionaba todo con mucha rapidez —. Planos para un templo . . . cartas de MacKenzie . . . y una fotografía de . . . Pues, ¡claro!

Javier y Laura apenas habían comenzado a requisar otros armarios cuando, de repente, oyeron pisadas. ¡Pisadas afuera en la plaza! Muchas pisadas de personas que venían corriendo.

— ¡Vámonos! — dijo su padre, y corrieron hacia la puerta de la oficina.

¡Demasiado tarde! Había gente por todas partes, y por la manera en que se escurrían, mirando por aquí y por allá, gritando órdenes y respuestas unos a otros, era obvio que algo había salido muy mal.

— Creo que nos buscan — dijo Javier.

— Mantengan la calma — dijo el doctor Cortés —. No se muevan.

— ¿Qué vamos a hacer? — preguntó Javier.

— ¡Miren! — susurró Laura —. ¡Allí está MacKenzie!

Venía cruzando la plaza aprisa en dirección a su cabaña, con ocho hombres armados, incluso el guardia de la cárcel.

Javier habló por los tres:

— ¡Estamos atrapados!

SIETE

Laura quería saber dónde estaba el revólver de su padre; pero el doctor Cortés ya no estaba junto a Javier. Había vuelto a la oficina de MacKenzie.

— ¡Papá! — dijo Laura en voz baja —. ¿Qué estás haciendo?

— Pónganse detrás de mí — dijo su padre.

Adán MacKenzie subió por los peldaños del frente como un general al ataque, con sus matones detrás de él. Por la expresión del rostro y la manera de caminar, era obvio que percibía el problema.

— ¡Inspeccionen cada cuarto! — ordenó.

Sus hombres se esparcieron por toda la cabaña.

Sin embargo, el doctor Cortés les ahorró la dificultad. Salió de la oficina de MacKenzie y les dijo:

— ¡Oigan, aquí estamos!

Los hombres se movieron inmediatamente hacia el doctor, pero MacKenzie los detuvo de forma abrupta con una orden, asustado:

— ¡Deténganse! ¡No lo toquen! ¡Retírense!

Se retiraron rápidamente, con la mirada fija en lo que el doctor sostenía en las manos.

— Cuidado . . . — dijo MacKenzie, con el rostro pálido y voz temblorosa, mientras retrocedía contra la pared —. Sólo . . . tenga cuidado . . .

El doctor Cortés sostenía la jaula que contenía el enjambre

de moscas tigresas muy enojadas. La jaula estaba entonces invertida, con la tapa suelta y lista para abrirse si el doctor sólo quitaba la mano.

— Ordéneles que suelten las armas — dijo el doctor.

— Háganlo — dijo MacKenzie.

Tres rifles y cinco revólveres cayeron al piso.

Las moscas tigresas zumbaban, volaban y tintineaban al golpearse contra las paredes de la jaula. No les gustaba que las perturbaran.

MacKenzie seguía mirando al doctor Cortés, éste miraba a MacKenzie, y todos los demás miraban la mano que mantenía cerrada la tapa.

— Doctor Cortés — dijo MacKenzie al fin —, usted es en realidad un hombre formidable, y muy difícil de destruir.

El doctor miró al guardia de la cárcel y le preguntó a MacKenzie:

— ¿Supongo que él le contó de nuestro encuentro?

— Se le castigará. Le di órdenes precisas de no entrar en la choza por ninguna razón.

— O si no hubiera visto . . . una de estas.

— ¿Qué son? — preguntó el guardia.

— ¿Supongamos que le digo? — le preguntó el doctor a MacKenzie.

MacKenzie miró a sus hombres y luego al doctor, y suspiró nervioso.

— Admito, doctor, que tiene la ventaja en este momento, pero soy hombre razonable, como estoy seguro de que lo es usted. Estoy listo a negociar. ¿Qué quiere?

— Usted todavía tiene nuestras pertenencias.

— Julián — dijo MacKenzie a uno de sus hombres —, trae las mochilas y cualquier otra cosa que sea de ellos.

Julián salió corriendo del cuarto.

El doctor Cortés tenía la mirada alerta y llena de astucia cuando dijo:

— Vamos a salir de aquí, MacKenzie, o quienquiera que sea usted. Estamos hastiados de usted y esta isla loca y demoniaca. Nos vamos al barco y zarpamos de inmediato. ¿De acuerdo?

Los hombres de MacKenzie se veían muy inquietos, pero MacKenzie rompió el silencio al responder:

— Eso es . . . lógico, doctor. Creo que . . . es . . . pues . . . es lo que ambos queremos de todos modos, ¿no es verdad?

Julián volvió a aparecer, portando las mochilas de los Cortés y el revólver.

— Inspecciona el revólver, Javier — dijo su padre.

Javier lo tomó, vio si tenía balas y si funcionaba el mecanismo, y luego le ayudó a su padre a ponérselo al cinto. Los tres agarraron pronto sus mochilas y después salieron por la puerta del frente, mientras el doctor todavía sostenía esa jaula a la vista de todos.

Hubo gritos y miradas rencorosas de muchos aldeanos enojados cuando los Cortés salieron al balcón; pero MacKenzie apareció en la entrada y dijo:

— ¡Quietos, todos! Déjenlos pasar. No les deben estorbar de ninguna manera.

— Gracias, señor — dijo el doctor Cortés —. A mí tampoco me gustaría que se desatara una plaga de insectos letales en mi isla.

De toda la plaza, la gente de MacKenzie, ancianos, jóvenes, europeos, americanos y polinesios, miraban cuando los tres visitantes misteriosos se movían con precaución, espalda contra espalda, a través de la plaza. Algunos comentaban en voz baja acerca de lo que el doctor Cortés sostenía en las manos.

MacKenzie respondió a varias preguntas susurradas, diciendo solamente:

— Es una bomba.

Algunos hablaban de la maldición de *moro-kunda*, y otros comentaban de que esas tres víctimas maldecidas todavía estaban vivas y lo extraño que era eso.

Los Cortés subieron por la calle, seguidos a la distancia

de lo que parecía ya una bomba muy peligrosa y curiosa. Era evidente que nunca más volverían a invitarlos allá.

Llegaron al sendero que llevaba a la selva y de vuelta a la ensenada.

— Movámonos — dijo el doctor.

Comenzaron a correr, siguiendo el sendero que serpenteaba por la selva espesa. Javier y Laura mantenían los chorros de luz de las linternas en el suelo para que su padre pudiera ver el camino, en consideración de su carga mortal. Los bejucos y zarzas enredados salían de la oscuridad para abofetearlos, azotarlos y mojarlos.

Laura no se había olvidado del puente. Mientras se iban acercando, ella oraba para pedir valor y decisión para cruzarlo sin temor. Quizá la oscuridad lo haría más fácil.

Ya se oía el rugido del agua en ese abismo profundísimo. Después salieron a campo abierto cerca de los acantilados, y allí estaba ese horrible puente.

El doctor se detuvo y aseguró la cerradura de la tapa de la jaula. El les tenía destinado un fin a esos insectos asquerosos, y quería que todos llegaran allá juntos.

Miró a Laura y le dio un abrazo amoroso.

— ¿Puedes cruzarlo?

— Tengo que cruzarlo, eso es todo — dijo.

Laura oraba al pisar la primera tabla medio podrida y agarrar los cables de la baranda.

El aire frío la estremeció con la bruma del agua estremecida y espumosa de abajo, y el rugido parecía aun más alto en la oscuridad. Laura trataba de no oírlo y se concentraba en el lugar donde debía pisar. Pasó a la tabla siguiente, y se dobló un poco bajo su peso, produciendo un crujido preocupante. La tabla después de esa había desaparecido; no había nada debajo de ella, sino el espacio frío y tenebroso. Pasó por encima con una oración rápida. Ella sabía que ese monstruo estaba allá abajo ladrando, girando y listo para tragársela en un instante. El puente se hundía y levantaba, se estiraba y encogía, arriba y abajo, y Laura podía sentir que se le revolvía el estómago en todas direcciones.

Ya casi lo cruzaba. *¡Oh, socórreme, Señor!*

El doctor tocó a Javier.

— Adelante, hijo. Tengo que encargarme de estos insectos.

Javier entró en el puente tambaleante, y fue cruzando paso a paso.

— ¡Apresúrense! — les gritó su padre y se dieron prisa.

Laura ya llegaba al otro lado del puente cuando, de repente, gritó:

— ¡Papá!

Javier casi había atravesado. El doctor corrió al puente.

— ¿Qué pasa? — preguntó.

Entonces Javier gritó:

— ¡Papá, es el barco!

Laura estaba al otro lado, mirando con horror hacia la ensenada.

— ¡Está en llamas!

El doctor pasaba con cuidado pero con rapidez de una tabla podrida a otra, tratando de ver lo que veían sus hijos. El puente se movía como un látigo al golpear bajo los pies, y tenía que aferrarse sólo con una mano para no dejar caer esa jaula mortal. Javier, que estaba un poco adelante, estiraba la nuca para ver mejor.

— ¡Papá — gritaba —, están quemando el barco!

— Qué tontos! — dijo su padre —. Esos explosivos que están a bordo detonarán por seguro y destruirán todo el puerto.

Javier palideció. Sí, ¡era cierto! Había suficientes explosivos plásticos en el barco para convertir la ensenada en un cráter.

El doctor Cortés quería desprenderse de esa horrible jaula. ¡Ojalá tuviera otra vez las dos manos libres para salir del puente! Trataba de orientarse por lo que podía ver de los acantilados rocosos a ambos lados del abismo. ¿Estaba directamente por encima de aquel vórtice ya?

¿Qué? La baranda de cuerdas de la izquierda se rompió y cayó como la cuerda de una cometa. El puente se retorcía con locura, el mundo giraba al revés, a los lados, una y otra vez, meciéndose en todas direcciones. El sombrero se fue volando, y dando vueltas hacia el vacío oscuro. Las piernas de Juan Cortés y los brazos estaban aprisionados en un enredo de cuerdas y tablas. Estaba con la cabeza para abajo. La sangre le palpitaba en la cabeza. Rodeado por las tinieblas de ese abismo, seguía meciéndose, colgando, agitándose como una mosca en una telaraña o un pescado en la red.

¡ZZZZZZZZZZZZ!

La jaula se había enredado en un pedazo de cuerda, y colgaba con la puerta abierta, ¡junto a su cabeza! Podía ver los insectos iracundos zumbando contra los lados de malla, con la lengua roja y los aguijones goteando veneno.

Se oían los gritos de Laura, pero ¿dónde estaba Javier? Apartó despacio la cabeza de la jaula y miró adelante.

¡Oh no! Javier estaba colgando de unos pedazos de cuerda retorcida y enredada, y trataba con desesperación de cruzar con las manos al lado del acantilado. Las tablas caían como dientes podridos a sus lados. Le estorbaba la mochila.

¡Sonidos! ¡Luces! Al lado más alejado del abismo había varios hombres de MacKenzie.

— ¡Papá! — gritó Laura de alguna parte.

¡ZZZZZZZZZZZ! zumbaban los insectos negros enojados, algunos tratando de salir por la puerta un poco abierta.

No había de dónde agarrarse, ni manera de soltarse. El doctor buscaba con una mano otra cuerda que pudiera usar para levantarse otra vez. Podía sentir que las piernas y el otro brazo se soltaban, y se deslizaban lentamente de esa telaraña enredada. La cabeza colgaba hacia esa horrible y rugiente garganta de agua veloz. Las moscas tigresas le zumbaban al oído.

— ¡Papá! — gritó Laura otra vez, y su grito se convirtió en un ruido constreñido como si se estuviera asfixiando.

— ¡Laura! — gritó —. ¿Qué pasa?

— ¡Suéltenla! — gritó Javier.

— ¡Doctor Cortés! — se oyó una voz odiosa, muy conocida y burlona.

¡MacKenzie! El doctor volvió la cabeza hacia el acantilado rocoso detrás de él.

Sí, allí estaba el loco con varios secuaces, y un cuchillo en la mano. ¡Había cortado la cuerda!

— Su hija está en buenas manos, ¡se lo aseguro! — dijo MacKenzie, mirando a través del abismo al otro lado.

El doctor miró en esa dirección, y . . . *¡Oh Señor, Dios, no!* Ya podía verla. La tenía agarrada un hombrón, y aunque ella luchaba, él mantenía los grandes brazos apretados alrededor de ella.

El doctor podía sentir una ira terrible mezclada con mucho temor al gritar:

— ¡Suéltela!

¡ZZZZZZZZZZZZ! decían las moscas al responder, golpeándose y tintineando en la jaula, mientras exploraban la salida con las patas y la lengua.

— Hable con suavidad, doctor Cortés — dijo MacKenzie —. Mis mascoticas tienen oídos muy sensibles, ¿sabe?

¡No! Una se había salido y avanzaba con sus bien coordinadas, larguiruchas y limpias patitas por la misma cuerda de la que pendía el doctor.

¡Despacio, despacio. Suelta la mano, Juan! Allí. MacKenzie seguía hablando.

— Yo no me preocuparía demasiado por su hermosa hija, doctor. Le aseguro que la cuidaré bien. Me será muy útil.

¡Tas! El doctor encontró un pedazo de tabla y aplastó rápido el insecto. Una nubecita de vapor se desprendió de la cuerda donde había estado. El veneno comenzó a disolver la cuerda. *¡Vamos, Juan, encuentra otra cosa de qué agarrarte!*

— ¡Suéltala, bandido! — volvió a gritar Javier, colgado de las frágiles cuerdas con los dos brazos y una pierna.

MacKenzie se rió y dijo:

— Si yo fuera tú, Javier, ¡me preocuparía de mí mismo!

¡Pun! La cuerda se rompió y el doctor Cortés cayó. Con una mano halló otro pedazo frágil de cuerda apenas a tiempo. Se detuvo de golpe, con el cuerpo meciéndose y las piernas colgando sobre el espacio infinito y oscuro.

MacKenzie no pudo aguantar la risa.

— Veo ahora que su preciosa jaula se ha convertido en su enemiga, y ahora tengo a su hija en mi posesión. Parece que vuelvo a tener la ventaja, ¿verdad?

MacKenzie miró al otro lado del abismo y se le iluminaron los ojos.

— Ah, veo que mis hombres han regresado.

Al hombre que tenía a Laura se juntaron otros tres, y cada uno llevaba una antorcha grande encendida.

MacKenzie explicó:

— Como ve, doctor, usted debía estar muerto ya, y por eso pensé que sería mejor que mis hombres quemaran su barco. Ya no lo necesitaría, y . . . pues, los extraños no podrán saber que ustedes han estado aquí.

El doctor tuvo que decirle:

— MacKenzie, escuche. Hay explosivos muy potentes a bordo del barco. Asegúrese de que todos sus hombres estén a distancia segura. Podría explotar en cualquier momento.

MacKenzie miró a los hombres de las antorchas, y todos miraron hacia la ensenada y se encogieron de hombros con sonrisas burlonas en el rostro. No había habido ninguna explosión.

— Buen doctor, pensaba que los cristianos no mentían.

Entonces MacKenzie sonrió con frialdad y cálculo y dijo:

— Pues bien, todos hacemos lo que tenemos que hacer, ¿verdad, doctor? Usted entiende que debo proteger la santidad de este lugar, especialmente de entremetidos preguntones como usted. Es difícil desprenderse de usted, doctor, pero como dicen, si al principio uno no tiene éxito . . .

MacKenzie miró hacia el abismo oscuro y después a sus hombres a ambos lados del precipicio. Luego dijo:

— Señores, mañana comenzaremos a construir un puente nuevo y seguro. Mientras tanto, destruyamos este.

Laura se retorcía y gritaba cuando los hombres de las antorchas avanzaban.

— ¡Nooo!

Javier miró a su padre con ojos aterrorizados. El doctor miró a sus dos hijos. A Javier que colgaba allí como un animal indefenso, y a Laura, en las garras de esa bestia.

A ambos lados del abismo tenebroso, los hombres les pusieron las antorchas a las cuerdas que quedaban en el puente.

— ¡Señor Jesús! — gritó Laura —. ¡No, por favor!

No le quedó tiempo a Javier para luchar. Su padre casi no tuvo tiempo de orar. En un momento las cuerdas se quemaron y rompieron como cintas elásticas muy usadas, y el puente, con las víctimas enredadas, los insectos salvajes, y todo, se cayó como un collar roto y enredado al abismo.

Javier había desaparecido. El doctor Cortés ya no se veía. Y Laura, como apuñalada a través del corazón, se desmayó como una muñeca floja en los brazos del guardia, con los ojos cerrados por el horror y la angustia. Su grito final sólo fue un gemido débil al desvanecerse.

MacKenzie miró hacia abajo al hueco negro, sonrió, y luego miró a través del abismo a la temblorosa Laura.

— Prepárenla para el foso — dijo.

OCHO

Era un tornado de agua, un carrusel atronador, retumbante que giraba, volteaba y se agitaba, negro como la medianoche, frío como el hielo y fiero como las olas de la marea que chocan constantemente. El doctor Cortés y Javier parecían astillas de desecho del mar o indefensa alga marina en el oleaje. El agua bravía arrojaba, golpeaba y retorcía los cuerpos. No había aire, ni superficie, ni ningún lugar a dónde nadar.

Lo único cierto era la muerte.

Por instinto, ambos contenían el aliento que les había quedado después de golpear la superficie del agua agitada; pero sus pulmones se esforzaban por retener el aire, y era todo lo que podían hacer para mantener la boca y la nariz cerradas. *¡Aire! ¡Señor, danos aire!*

El agua los arrastraba a alguna parte, no sabían a dónde, y después de sólo pocos segundos más ya no importaría. Eran prisioneros del agua, meras partículas barridas, y las presiones y corrientes de tantas direcciones les golpeaban el cuerpo como martillos pesados e invisibles.

Javier podía sentir que le centelleaba el cerebro. Estaba soñando. Pronto vería a Jesucristo. Aquel fue su último pensamiento antes de la oscuridad fría y la deriva, como un sueño.

¡Dolor! Agua salada y quemante. Una arcada del estómago. ¿Vómito? No, tos . . . tos, más agua salada que se derrama

75

y salpica sobre las rocas frías y húmedas. Agua por todas partes . . . Alguien que me sostiene.

Javier abrió los ojos y no vio sino unos rayos de luces y colores borrosos y salobres. Los ojos le ardían y dolían. Sentía que la garganta y la tráquea estaban encendidas. Tomó un respiro doloroso, congestionado y ruidoso, y luego eruptó con otra tos dolorosísima de agua salada y maloliente que escupió y roció sobre la roca húmeda donde yacía.

— Con calma — dijo una voz —. Sigan respirando. Hagan eso primero.

Tomó aliento de nuevo y le dolió. Estaba agradecido por el aire, pero todavía le dolía. Los pulmones le dolían y quemaban, y no podía dejar de toser. Lo único que veía era algo borroso.

Oyó a alguien que tenía un ataque horrible de tos y respiración entrecortada, y era su padre. La voz seguía diciéndoles que se relajaran y respiraran. Así lo hicieron por un rato largo.

Javier sentía que se le aclaraba la cabeza.

— ¿Papá? — preguntó con voz débil y ronca.

— Sí . . . — fue toda la respuesta que recibió, seguida de más tos seca y respiración difícil.

— Ustedes están bien — dijo la voz —. Los rescaté. Tosan solamente, eso es lo mejor.

Javier se dio cuenta de sus brazos. Podía moverlos. Con una mano se limpió el agua salada y lo borroso de los ojos. Alzó la vista.

Su salvador era un hombre de aspecto amable, cabello negro y crespo, y cuerpo fornido. Estaba sentado entre Javier y su padre, con una mano sobre cada uno y una lámpara de petróleo delante de él. Estaba empapado y muy preocupado.

Javier miró aquellos ojos bondadosos por un momento y luego preguntó:

— ¿Nos salvó . . . usted?

El hombre indicó con la cabeza que sí.

— ¡Pasaron por el remolino! Seguro que el Señor estaba con ustedes.

Javier miró a su padre que alzaba la vista y sonreía con los labios húmedos y salados. Reunió bastante fuerza para extender la mano fría y azulada, y agarrarle un brazo al hombre.

— ¿Reverendo Adán MacKenzie? — preguntó el doctor Cortés.

— ¡Sí! — exclamó el hombre con una alegría muy grande y repentina.

— El doctor Juan Cortés y su hijo Javier, a nombre de la Alianza Misionera Internacional.

— ¡Ustedes han venido a . . . rescatarme! — dijo el misionero.

El doctor parecía un gato ahogado, y Javier no se veía mejor. Ambos estaban muy conscientes de quién acababa de salvar a quién y, jadeantes o no, no pudieron dejar de reírse un poco.

— Javier — dijo su padre, respirando mejor —, quiero presentarte a Adán MacKenzie, ¡el verdadero!

Javier miraba a su padre y al verdadero Adán MacKenzie, y se le ocurrían muchas preguntas.

Adán MacKenzie también tenía una pregunta:

— ¿Cómo me reconocieron?

— Vi su fotografía en el escritorio del hombre allá arriba cuyo nombre no sabemos.

— ¿Esteban Kelno?

El doctor se levantó de las rocas.

— Ese mismo.

Javier aceptó la mano de Adán al levantarse con dificultad.

— ¿Esteban Kelno?

— ¿Recuerdas, Javier? — dijo su padre —. Dulaney lo llamó por ese apellido.

— Pero . . . pero ¿por qué el tal Kelno quería pasar por Adán MacKenzie?

El buen misionero estaba sorprendido y un poco enojado.

— ¿Qué? ¿Esteban Kelno se hace pasar por mí?

— Sólo para desprenderse de nosotros y para que no pudiéramos encontrarlo a usted — dijo el doctor Cortés.

El doctor y Javier ya podían ver con bastante claridad para explorar con la vista el lugar donde estaban, y se quedaron en silencio.

Estaban de pie en una caverna enorme. El techo estaba por lo menos a treinta metros de altura, y el sitio parecía que se extendía en todas direcciones como un estadio oscuro e inmenso, hecho de roca negra y dura.

— Debemos de estar debajo de la isla — dijo el doctor.

— Sí — dijo Adán —, así es. Este es el centro del volcán que formó la isla. Toda la lava ya ha desaparecido, y nos queda una concha enorme y vacía, como un plato hondo invertido.

Javier tenía curiosidad.

— Y . . . ¿qué hace usted aquí abajo?

Adán se rió.

— Pues yo llegué aquí lo mismo que ustedes. Los hombres de Esteban Kelno me arrojaron del puente de arriba, pasé por el remolino y aquí me tienen.

Los Cortés miraron atrás el torrente del río del que los había sacado Adán.

— ¿De modo que aquí llega toda el agua de ese remolino? —preguntó Javier.

— Sí — respondió Adán —. ¿Ven toda el agua allá, burbujeando por debajo de esa pared grande? Pasa por debajo del muro y luego surge en esta caverna y fluye hacia el mar por este río subterráneo. Yo estaba pescando por casualidad cuando vi su sombrero, Juan, que venía bajando y después sus respectivas cabezas.

Adán sonrió y le pasó al doctor Cortés su sombrero empapado en agua. Luego añadió:

— He rescatado a otros de las aguas antes, y debo decir que ustedes se dejaron sacar con facilidad.

— Le debemos la vida, Adán — dijo el doctor.

— Y quizás yo les debo la mía también. ¡Me alegro mucho de que hayan venido! ¡Tomás debe de haber pasado con mi nota!

El doctor Cortés movió la cabeza con tristeza.

— Estaba muerto cuando un barco pesquero encontró su balsa. Hallaron la nota en un bolsillo.

Adán quedó asombrado por la noticia y no dijo nada por el momento. Por fin, preguntó:

— ¿Cree usted que fue obra de Kelno?

— Claro que sí. ¿Ha oído usted de la maldición llamada *moro-kunda*?

Adán contestó con amargura:

— ¡Sí, Kelno y sus moscas tigresas de Africa! Traté de delatar su truco, pero parece que todavía lo usa bien.

— Nos dijo que Tomás enloqueció y quiso huir de la isla, pero no podía escapar de la maldición. Creo que Kelno plantó una mosca tigresa en las provisiones de Tomás para acallarlo después de zarpar.

— Tomás era uno de los únicos amigos que me quedaban, uno de los pocos que sabía que yo todavía estaba vivo aquí abajo. Su intento de fuga fue un acto desesperado, pero él pensaba que podría encontrar socorro. Llevaba esa nota por mí.

Adán se esforzaba por cambiar de tema.

— Oigan, todos necesitamos secarnos, y deben sacar el agua de las mochilas. Subamos a mi campamento. Tengo una fogata y ropa seca.

Entonces Javier vio algo al otro lado de unas rocas, y no pudo dejar de exclamar con sorpresa y maravilla:

— ¡Oh! ¿Construyó usted eso?

Javier se refería a un barco que estaba junto al río sobre bloques de madera y piedra. Estaba construido de manera rústica, y parecía hecho de incontables pedazos diferentes de madera, troncos y otros desperdicios. El enorme casco

79

parecía una bañera profunda y tosca, y tenía un nombre pintado en la proa: **Arca de Adán.**

—Sí, por la gracia de Dios —respondió Adán—, así pienso salir de aquí. Ha sido mi proyecto de trabajo durante el último año o más.

—¿Ha estado usted ... aquí un año?— preguntó el doctor Cortés asombrado.

—Estoy bastante seguro de que ha sido ese tiempo. No hay días ni noches aquí, por eso es difícil de saber.

Treparon por las rocas ásperas, llevando las mochilas empapadas, alejándose del río hasta llegar a un saliente de roca grande formada contra la pared de la caverna. Allí, como un Robinson Crusoe subterráneo, Adán MacKenzie se había construido un campamento bastante cómodo y atractivo, con una fogata, un catre, varios estantes para comida, utensilios, ropa y herramientas, y varias lámparas de petróleo que inundaban todo el lugar y gran parte de la caverna con su cálida luz amarilla.

Cerca del campamento, una corriente de agua fresca y espumosa surtía de una grieta de las rocas de arriba.

—Mi provisión de agua —dijo Adán—, y mi ducha. Dense un baño.

El agua estaba un poco fría, pero fue una sensación agradable. Se ducharon ellos y también enjuagaron la ropa, y después se envolvieron en frazadas mientras la ropa se secaba colgada cerca del fuego. Adán preparó té caliente y bizcochos de su almacén, y comieron juntos.

Sin embargo, los Cortés sólo pensaban en una cosa.

—Kelno todavía tiene a mi hija —dijo el doctor—. ¿Hay algún camino de regreso a la superficie?

Adán sintió pesar al responder.

—Pues, sí lo hay; pero me temo que no estará abierto por varias horas más. Como ven, este río sale de debajo de la isla por un túnel muy grande, pero la mayor parte del tiempo la abertura está debajo del agua. Sólo se puede pasar cuando la marea está baja.

El doctor movió los labios y suspiró.

— ¡Tenemos que salir de aquí! ¡Laura está en grave peligro!

Adán asintió al inclinar la cabeza con tristeza y mucha preocupación.

— Creo que es cierto. Esteban Kelno es despiadado y tiene poder sobre toda la isla. Todos los creyentes cristianos han huido, y ahora está en libertad de hacer todo lo que quiera.

— ¿Los cristianos han huido? — preguntó Javier.

Luego recordó:

— Vimos una aldea desierta allá arriba . . .

Adán asintió.

— Esa era nuestra aldea. Allí me envió primero el Señor, y de veras bendijo la obra. Casi todos los habitantes originales de esa aldea recibieron a Jesucristo como su Salvador.

— ¿Qué pasó, Adán? — preguntó el doctor Cortés.

— Creo que dos cosas. Ante todo, Esteban Kelno y sus seguidores vinieron y establecieron su dominio. Decían que eran seguidores de Jesucristo, y tal vez eran sinceros al principio; pero Kelno, por su creciente fascinación con las tradiciones paganas de la isla, se volvió al satanismo y a la hechicería, y sus amigos lo siguieron. Entonces se apoderaron de todos los recursos y le dieron a la isla el nuevo nombre de Acuario. Algunos nativos que rechazaban el evangelio se juntaron al grupo de Kelno y siguieron sus costumbres paganas.

— ¿Caminar sobre brasas?

Adán tenía una expresión de asco al decir:

— Sí, y a veces sacrificios humanos a dioses paganos, como las naciones gentiles del Antiguo Testamento. ¡Fue terrible! La gente aquí estaba en tinieblas espirituales aterradoras antes de recibir al Señor, y ahora algunos han vuelto a caer en la misma trampa vieja, puesta por este brujo moderno. Oro por ellos todos los días.

— ¿Cuál fue la otra cosa que ocurrió? — preguntó Javier.

— Pues es lo que está a punto de pasar. Espero que esté equivocado, pero creo que esta isla está en mucho peligro.

— ¡Su nota! — dijo Javier —. 'La isla . . .' No pudimos entender el resto.

Adán los miró y dijo muy serio:

— Esta isla, queridos hermanos, se está hundiendo. Comenzó muy lentamente hace un año, pero desde entonces ha ocurrido cada vez más rápido. Me temo que podría hundirse de una vez en cualquier momento. Creo que no queda mucho tiempo.

— ¡Ajá! — dijo el doctor —. Entonces de eso hablaba Dulaney . . .

— ¿El profesor Dulaney? — preguntó Adán —. ¿Amós Dulaney?

— Correcto. Intentó advertirnos acerca de esto, que nos fuéramos y lo lleváramos.

Adán estaba asombrado.

— ¡El era uno de los principales consejeros de Kelno! El que más estaba en desacuerdo conmigo. Insistía en que no le pasaba nada a la isla.

— Pues cambió de idea. Parece que los resultados de su investigación lo convencieron de que usted tenía razón.

— ¿Qué pensó Kelno de eso?

— Pues . . . me temo que Dulaney se contagió de la maldición de *moro-kunda* también.

Adán se dio una palmada en un muslo, con enojo.

— ¿Ven? ¿Ven? Satanás usa de veras a Kelno. Esta isla está condenada, y creo que aun Kelno lo sabe, pero no quiere dejar salir a nadie. ¡Toda esa gente morirá! Morirán cuando se destruya esta isla, y será la culpa de Kelno.

Luchó con la expresión de sus sentimientos por un momento, y luego continuó:

— Los nativos, los nuevos cristianos de la aldea, todos salieron en canoas y balsas, en cualquier cosa que encontraran. Abandonaron todas sus posesiones materiales. Me quedé aquí en la isla, para advertir a la gente que quedaba todavía aquí, para tratar de razonar con Kelno y para persuadir a algunas personas que vinieron de nuestra aldea a que salieran con sus familias y no se quedaran con este . . .

— ¿Anticristo? — sugirió el doctor Cortés.

— Una palabra muy descriptiva, Juan — dijo Adán —; pero todavía están allí con él, engañados con la idea de que la isla de Acuario encierra el futuro perfecto para todos, un lugar perfecto de paz y seguridad . . .

Javier recordó un versículo de la Biblia.

— 'Pero cuando digan paz y seguridad, les sobrevendrá la destrucción repentina . . .'

— Como sucederá al fin de los tiempos — Adán se quejó —. Están tan obsesionados con las mentiras de Kelno y Satanás, que no quieren escuchar la verdad. Traté de advertirles y ayudarles . . .

— ¿Y lo tiraron a usted del puente? — preguntó el doctor.

Adán asintió con la cabeza y se le llenaron los ojos de lágrimas.

— Ahora todo lo que puedo hacer es construir este barco. Kelno tiene su propio barco, y eso significa que controla todo el transporte que llega a la isla o sale de ella. No hay manera de escapar de aquí salvo en lo que podamos construir nosotros.

— Entonces ¿dónde consiguió todos esos materiales? — preguntó Javier.

— Pues, es triste, pero la Alianza Misionera trajo originalmente toda la madera a la isla para construir un templo.

— ¡Sí! — dijo el doctor —. Vi los planos y la lista de materiales en el escritorio de Kelno. Parece que él mantenía la contabilidad de cada cosa.

— Cada cosa robada — confirmó Adán —. Cuando los aldeanos salieron, Kelno y su gente saquearon y robaron la aldea, llevándose todo lo que podían encontrar. Yo lo he estado recuperando todo, tabla por tabla, clavo por clavo, durante los últimos meses.

Entonces Javier y su padre salieron de dudas.

— ¡Ah . . . — dijo el doctor —, entonces usted es el ladrón extraño que se ha llevado todos esos materiales!

— Un amigo que todavía tengo allá arriba y yo. Nunca pudimos edificar un templo, pero . . . tal vez esto será tan bueno como ella. Salvaremos vidas de cualquier modo.

Javier pensó en el significado del nombre del barco.

— El **Arca de Adán**. Me preguntaba por qué era tan grande.

El doctor sabía la respuesta cuando preguntó:

— Piensa llevar pasajeros, ¿verdad?

Adán se encogió de hombros.

— Soy misionero.

La choza que servía de cárcel estaba solitaria, callada y tenebrosa. La marca de quemadura oscura de la mosca tigresa todavía estaba en el piso. No importa. El loco pudo haber fallado entonces, pero ahora había tenido éxito.

Papá y Javier estaban muertos.

Amado Señor, ¿por qué? ¿Cómo pudiste dejar que esto sucediera? Después de toda la fe que pusimos en ti, después de haber confiado en ti y ver que nos protegiste por tanto tiempo, ¿por qué? ¿Por qué ahora?

Laura yacía inmóvil en el catre, demasiado angustiada en el alma aun para orar. ¿La oiría Dios de todos modos? ¿Estaba El en realidad todavía allí?

Quería cerrar los ojos y dejarse morir; pero cada vez que los cerraba, la escena se repetía en la mente con tanta claridad como cuando ocurrió. Otra vez veía a su padre y a su hermano caer indefensos y sin esperanza a esa tumba de agua rugiente y voraz.

Señor, ¿cómo puedo volver a confiar en ti jamás?

Salió asustada de su estupor y confusión por un sonido que venía del otro lado de la puerta. Se abrió de par en par y entró Omar, portando un plato con comida.

Lo miró con indiferencia. En cuanto a ella, ya estaba

muerta. ¿Cómo podía importar ya nada más? ¿Por qué molestarse en asustarse?

No obstante, los ojos de él parecían llenos de bondad hacia ella. Tenía algo extraño en la mirada, una mezcla de tristeza y temor. Le ofreció la comida. Ella lo miró sin expresión en los ojos.

El puso el plato en el suelo y luego se arrodilló allí junto a la cama, tratando de hablar, de expresar algunas palabras.

— Tu . . . tu papá . . . — decía, esforzándose, mirando a todos los lados como si las palabras le fueran a llegar del aire, o tal vez de las paredes —. ¡Mi . . . mibuá!

Laura no estaba interesada en lo que el nativo quería decir.

Omar le hablaba en su propia lengua, con tanta emoción y tan rápido que no había esperanza de entender nada de lo que decía; pero ella no podía evitar el ver la sinceridad en sus ojos. ¿Se preocupaba él de veras por ella?

— ¿Qué, Omar? — le preguntó, por fin, en voz baja —. ¿Qué tratas de decirme?

Entonces se sintieron pisadas afuera, y rápidamente Omar agarró el plato de comida y se quedó allí de pie junto al catre, con su vieja apariencia amenazadora.

Entró el tirano, asesino, anticristo y ¡cómo se gozaba y sonreía estúpidamente, y la despreciaba con la mirada!

— Bueno, señorita Cortés — dijo, moviéndose de un lado para otro y dejando escapar el silbido de su risa por la nariz —, espero que se sienta cómoda.

Ella no dijo palabra.

— Eso está muy bien. No espero que me hable. Debe de haber sido un choque muy horrible para usted el saber cuán débil es su Dios en realidad. Usted sabe que traté de advertirle a su padre una y otra vez, pero . . . ¡Fue tan insolente! Ahora usted ve, por supuesto, que ese fue un error muy costoso. Diría que la confianza de ustedes en este Dios suyo grande y poderoso estaba fuera de lugar.

Laura lo miró con enojo y expresó su último pensamiento amargo.

— Usted no es Adán MacKenzie, ¿verdad?

El se rió a carcajadas.

— ¡No, no, hija, no! Sólo les hice creer que era el finado pastor MacKenzie para que quedaran satisfechos de haberlo encontrado y salieran de la isla con un buen informe. No tenía ni idea de que serían tan entremetidos y tenaces. No, en realidad mi nombre es Esteban Kelno. Señor Esteban Kelno, ¡el último y más excelso profeta! Este es mi mundo y creación. Aquí en Acuario, ¡yo soy Dios!

— Usted nunca será Dios — dijo Laura —. Usted puede fingir que lo es todo lo que quiera, pero sólo hay un Dios, y algún día usted tendrá que responder delante de El por matar a mi padre y a mi hermano.

El se reía burlonamente de ella.

— Divertido. A juzgar por el desempeño de su Dios hasta ahora, creo que no podría ejercer ninguna autoridad sobre alguien tan poderoso como yo; pero dígame: ¿Qué va a hacer su Dios para librarla de mi voluntad?

Kelno se inclinó hacia Laura, y ella pudo oler su mal aliento.

— ¡Vamos, clame a El! Veamos si me mata con un rayo. Veamos si me domina de alguna manera.

El se sentó como un rey en el catre de enfrente y la miraba con los ojos malévolos brillantes de gozo.

— Sin duda se estará preguntando lo que le pasará. Pues tenemos una celebración especial planeada para el amanecer. Tendrá que vestirse muy bien. Unas mujeres vendrán a encargarse de eso.

Entonces se levantó y le dijo con orgullo:

— ¡Sí, un trofeo muy bueno de veras!

Miró el plato de comida en la mano de Omar.

— Pues, ¿va a comer algo?

Laura no pudo responder. No podía hablarle a esa bestia.

A la bestia no le gustaba que lo pasaran por alto. Le ordenó a Omar:

— Entonces ¡llévatela!

Omar vaciló. Miró a Laura con dolor reflejado en los ojos.

— ¡Llévate la comida!

Omar obedeció. Los dos hombres salieron de la choza, y dejaron la puerta atrancada y segura.

—¡Qué frío! — dijo Javier, envolviéndose más con la frazada —. ¡Hay una corriente de aire!

El humo del fuego se movía hacia los lados. Era algo un poco novedoso y extraño porque hasta entonces no había habido ningún movimiento del aire en aquel lugar tan muerto y quieto.

— Oh — dijo Adán —, la marea comienza a bajar en la entrada del túnel. Entra aire fresco de afuera.

— Aire fresco . . . — dijo el doctor Cortés.

— Eso quiere decir que ¡podemos salir de aquí! — dijo Javier.

Adán negó con la cabeza.

— Mi canoa no está aquí ahora, y sería inútil tratar de nadar.

— El aire . . . — murmuró el doctor —. El aire . . . se mueve.

— Y es algo bueno — dijo Adán —. Me ahogaría aquí adentro si no tuviera un cambio de aire cada día desde afuera.

— Hay una corriente de aire — dijo el doctor, levantándose de un salto —. ¡Javier, vístete!

Javier saltó y agarró su ropa.

— ¿Qué pasa, papá?

— Ese aire que sopla aquí nunca lo haría a menos que fuera a otro lugar. Está circulando, lo cual significa que debe de escaparse por alguna parte.

Los tres se vistieron muy aprisa mientras el aire fresco

seguía acariciándoles el cuerpo. Ya lo podían sentir muy bien.

— Tendremos que seguirlo — dijo el doctor Cortés.

Miró el humo de la hoguera que flotaba a los lados, y subía por los lados de la caverna. Lo seguía, saltando tan rápido por las rocas que Javier y Adán tenían dificultad para mantener su paso.

— ¿Ha notado usted algunos respiraderos, túneles o pozos de lava o algo parecido? — preguntó el doctor por encima del hombro.

— Oh . . . sí, pues, pero nunca pensé en eso — dijo Adán.

— ¿Dónde?

Adán señaló un rinconcito muy arriba de la pared. La subida era empinada, pero posible.

— Necesitaremos linternas — dijo el doctor.

Javier y Adán llevaron dos linternas, y un pico y una pala también.

— Tengo que advertirle, Juan — dijo Adán —. Este túnel, este pozo, podría estar habitado. Durante las ocasiones en que el aire está quieto, puedo oler algo de allá arriba, y a veces he oído ruidos.

Eso le daba más entusiasmo al doctor Cortés. Miró a Javier como si hubiera descubierto algo nuevo y maravilloso, y Javier lo miró sin expresión en los ojos.

El doctor le dijo a Adán:

— ¿Quiere decir que podría haber algún monstruo allá adentro?

— Pues, sí — dijo Adán —, y según las leyendas locales de esta isla, creo que no es la clase de monstruo que nos gustaría encontrar.

— ¿Lo adoran los nativos locales?

— ¡Sí, con mucho temor! Todavía le hacen sacrificios humanos.

El doctor estaba entusiasmadísimo.

— ¡El foso! Javier, ¿recuerdas el foso que hay arriba?

Parece que podría ser cierto respiradero volcánico. ¡Podríamos llegar a él desde abajo!

— ¡Vamos! — dijo Javier.

— ¡Esperen! — dijo Adán —. ¿Están seguros de que saben lo que están haciendo?

— ¿Cuándo tienen lugar los sacrificios? — preguntó el doctor.

— A la salida del sol — dijo Adán —. Dentro de pocas horas.

Entonces se dio cuenta de algo y añadió:

— ¿Cree usted . . . cree que Kelno les entregará a Laura?

— ¿Qué piensa usted?

Adán se puso pálido.

— ¡Creo que es mejor que nos demos prisa!

NUEVE

Siguieron escalando cada vez más alto, pisando con cuidado sobre las ásperas rocas volcánicas hasta llegar al lugar que Adán había señalado.

Ya soplaba un viento muy fuerte y, al seguirlo, encontraron con facilidad varias aberturas pequeñas en las rocas. Algunas eran orificios grandes, otras simples grietas; pero todas chupaban el aire como una aspiradora. Los hombres se separaron, inspeccionando por todas partes, en busca del orificio que pudiera ser el mejor paso posible.

— Papá, ¿qué te parece éste? — dijo Javier.

Todos estuvieron allí en seguida. La luz de las linternas iluminaba un pasaje muy grande que, por el sonido de los ecos, tenía que penetrar en la isla por una gran distancia.

— Sí, éste podría ser. Veamos si podemos mover unas de estas rocas.

Los tres trabajaron juntos con el pico, la pala y las manos, y pudieron empujar ligeramente algunas rocas a un lado. Por fin el pasaje quedó bastante abierto y entraron gateando.

— Sí — dijo el doctor Cortés, mirando adelante con la luz de las linternas —. Un viejo respiradero de lava. Este tubo podría llevarnos directo a la superficie.

Siguieron caminando, trepando, arrastrándose, apretándose a través del pasadizo que se retorcía y subía por el núcleo de la isla como una cueva gigante. El interior de la isla era un lugar extraño; parecía que iban arrastrándose a través de una enorme esponja negra, con aberturas por todos lados, orificios peligrosos para caminar alrededor, y salientes bajos para pasar agachados por debajo. Trataban de seguir el respiradero de lava principal que serpenteaba hacia arriba, pero a veces era difícil decidir por cuál camino ir. El movimiento del aire era su mejor guía. Siempre que se hallaban en una zona de aire muerto y estático, sabían que iban por mal camino. Entonces volvían hasta donde pudieran sentir de nuevo el aire moviéndose hacia arriba por el tubo.

El doctor se arrastró hacia arriba por un conducto de roca largo y estrecho, hasta un lugar plano muy alto. Les gritó a Javier y a Adán:

— ¡Oigan, vengan a ver esto!

Ellos también subieron por el conducto, y los ecos de su respiración dificultosa tomaban tonos guturales profundos como si estuvieran dentro de una campana enorme. Llegaron al lugar plano donde los esperaba el doctor, quien les indicó en seguida algo en el suelo arenoso del túnel.

— ¡Oh, oh . . . ! — dijo Javier.

— Tal vez el monstruo hizo esto — dijo su padre.

Veían un canal extraño y profundo en la arena, como si hubieran arrastrado algo muy grande por ella. También había en el aire un olor muy desagradable.

— Papá, ¿funciona tu revólver? — preguntó Javier.

— Tal vez — respondió —. Lo enjuagué y sequé, pero no tengo aceite, y en cuanto a las balas, pues, hicieron el viaje por debajo del agua.

— Señor — oró Adán —, te ruego que nos guardes a salvo.

— Amén — dijo el doctor.

De repente las muchas cavidades y pasajes que los rodeaban retumbaron con gruñidos, desmoronamientos y crujidos altos. Se aferraron a las paredes ásperas de piedra. Les parecía que toda la isla se movía, temblaba y se retorcía. El sonido era horrible y ensordecedor. Sentían que estaban atrapados dentro de una trituradora gigantesca de roca.

Adán oró en voz alta, agarrado de una hendidura en las rocas. Javier trataba de evitar que se le rompiera la linterna El doctor se movía a uno y a otro lado para observar lo que pasaba. Podían sentir que caían como al bajar en un ascensor que se sacude.

— ¡Se está poniendo peor! — gritó Adán —. ¡La concha de la isla se está hundiendo!

Podían oír ruidos altos como de explosiones que retumbaban y se extendían a través de los muchos poros y grietas de la tierra; en algún lugar, muy abajo, se abrían hendiduras enormes. Las rocas se partían.

Entonces, al desvanecerse los otros sonidos un poco y pasar el temblor, un nuevo ruido les llegó a los oídos desde muy abajo. Era el sonido de agua corriente.

— ¿Oyen eso? — preguntó Adán.

El doctor Cortés asintió con la cabeza.

— El mar se abre paso dentro de las bases de la isla.

— ¡Desmoronará cualquier base que la isla tenga todavía para apoyarse!

— ¡Sólo nos quedan unas horas! — dijo el doctor, apresurándose a subir por el tubo —. ¡Vamos!

Laura también sintió el temblor, y asimismo todos los residentes del reino de Esteban Kelno. Se veían alarmados y preocupados, pero Laura comprendía que ellos estaban decididos a creer todo lo que Kelno les dijera.

— Son las fuerzas espirituales de la isla — dijo la hermosa polinesia que peinaba a Laura —. El Señor Kelno dice que los espíritus están contristados porque los extraños invadieron su santuario privado.

— Es decir, mi familia y yo — dijo Laura, de mala gana permitiendo a la mujer que le pusiera flores en el cabello.

Otra mujer, una anciana que parecía una bruja de la historia antigua de la isla, preparaba una bata larga de tela blanca.

— Ah, pero por la mañana los aplacaremos — dijo al entregarle la bata larga a Laura.

— ¿Qué es esto, un mantel? — preguntó Laura con sarcasmo.

— Es tu vestido ceremonial — dijo la mujer bonita —. ¡Debes estar vestida correctamente para ser presentada a Kudoc!

— ¿Quién es Kudoc? — preguntó Laura, con la certeza de que no le gustaría la respuesta.

A la vieja bruja le brillaron los ojos con temor reverente al responder:

— ¡Kudoc es el señor de toda la naturaleza, el dios serpiente del bajo mundo! Vive en lo profundo debajo de nosotros, y la isla tiembla con su enojo.

No, a Laura no le gustó la respuesta.

— ¿Dios serpiente? ¿Dónde? ¿Qué van a hacer?

La vieja arrojó la bata por encima de la cabeza de Laura y dijo:

— ¡Rápido, ponte esto!

Laura vaciló un momento y después se deslizó la bata por encima de su ropa de exploradora. Por ahora no le quedaba más remedio que proseguir con esa desagradable insensatez pagana. Oró: *¡Señor Dios, por favor, concédeme el momento preciso, la oportunidad de quedar libre, tirar este feo saco de yute, y correr!*

— Pronto iremos al foso sagrado — dijo la anciana, viendo que se iluminaba el firmamento al oriente.

El olor desagradable era más fuerte ahora. El doctor Cortés pensaba más y más en su revólver, y trataba de mantener la mano derecha libre. En la profundidad y todo alrededor de ellos, podían oír todavía rugidos bajos de la isla que temblaba y se asentaba al desmoronarse.

— ¿Cuánto más lejos podría ser? — se preguntó Javier.

— ¡Silencio! — dijo su padre, deteniéndose y levantando una mano. Todos se quedaron quietos.

Adán miró por encima del hombro del doctor, y Javier alrededor de él, y luego los tres pudieron ver lo que había detenido al doctor: A la derecha, por una abertura baja, se veía una caverna pequeña.

— Parece un nido — dijo el doctor en voz muy baja.

Se movieron despacio, acercándose y dejando que la luz de las linternas penetrara más adentro de la caverna. Vieron más arena y después unos huesos. Podían percibir olores muy fuertes y nauseabundos.

El respiradero de lava principal pasaba por esa abertura. No había manera de evitarla. Y, al mirar desde atrás de la pared de la cueva, aparecía algo blanco, liso y redondo.

Todos supieron lo que era. Un huevo enorme.

Se trataba de algún reptil.

Otro paso. La luz de las linternas iluminaba ya un lugar cavernoso grande, la madriguera llena de huesos de algún monstruo enorme y muy horrible.

— Sea lo que sea — dijo el doctor —, no vive aquí.

— Pero mira el tamaño de ese huevo — dijo Javier —. Es tan grande como una sandía.

— La criatura que lo puso debe de ser bastante grande como para tragarse . . . con facilidad a . . . un ser humano — observó Adán.

Tan pronto como dijo eso, se dio cuenta de que no debía haberlo dicho. El doctor subió como un tiro por el túnel. Javier y Adán corrieron para alcanzarlo.

El sol encendido apareció detrás del distante horizonte, dando al océano un color rojo intenso. Una quietud extraña y solemne se extendía por toda la aldea. De alguna parte de la selva venía un toque de tambor que retumbaba como un dolor de cabeza.

Laura estaba de rodillas cuando entraron dos guardias nativos. *Señor Jesús, estoy lista para estar contigo* — oraba —. *Todo será para bien; estaré con papá y Javier, y eso es lo que más quiero. Sólo . . . por favor, que no duela demasiado.*

Antes que se diera cuenta, le ataron las manos por detrás y la llevaron entre dos polinesios muy grandes, vestidos con plumas reales, conchas y pieles. Fueron por el camino principal a través de la aldea mientras los seguidores de Esteban Kelno, jóvenes, ancianos, hombres y mujeres, aparecieron y los siguieron en una procesión larga y solemne, subiendo por el camino y bajando después por el sendero prohibido, atraídos por el toque pulsante y constante del tambor.

Javier y Adán se detuvieron de manera abrupta y aun retrocedieron unos pasos con rapidez, agarrándose de lo que pudieron.

— ¿Qué pasa ahora? — dijo el doctor Cortés, que venía detrás.

— El fin del camino, tal vez — dijo Adán.

Javier y Adán dejaron que el doctor pasara apretado entre ellos en el túnel estrecho, y que mirara.

Era algo increíble. La tierra se había separado como cortada con un cuchillo. El doctor miraba abajo, a los lados y arriba una hendidura enorme, un abismo dentado que se elevaba por encima de ellos y también descendía a una oscuridad sin fondo. A unos diez metros de distancia, al otro lado de la grieta, el túnel de lava continuaba como un orificio en una tajada de pan.

— Esto ocurrió recientemente — observó el doctor —. Miren esas superficies limpias, y aquellos fragmentos que todavía se desmoronan.

— ¡Agárrense! — exclamó Javier.

El gritó porque fue al único que se le ocurrió eso. Los tres retrocedieron aprisa del borde de esa grieta.

El suelo se sacudía y levantaba otra vez, y se movía el abismo. Crujía y gemía; las paredes se movían, temblando y rugiendo, juntándose y apartándose otra vez, y más fragmentos de roca se desprendían y rodaban a la oscuridad. Mientras los Cortés y Adán MacKenzie miraban con horror y temor, la pared opuesta de la grieta se movía hacia ellos, y luego se alejaba, primero unos pocos metros, y después más, como un péndulo.

— ¿Qué pasa ahora? — preguntó Javier.

— Podría . . . podría acercarse bastante — consideró su padre.

— ¡No! ¡No . . . me diga que vamos a cruzar de un salto! — exclamó Adán.

— Les informaré en un segundo.

La procesión solemne de paganos llegó por fin al claro ominoso con todas las piedras de altares, los árboles lastimeros e inclinados y, por supuesto, el foso.

Esteban Kelno ya estaba allí, de pie cerca del foso con unos brujos nativos que tocaban sus tambores y se veían horribles con muchas plumas y pintura brillante. El miraba a Laura con gozo y malicia.

Los dos polinesios grandes la llevaron al borde del foso, toda la gente se reunió alrededor, y entonces se detuvo de repente el toque de tambores. El silencio era entumecedor. No se movía ni un dedo. Laura miró a toda la gente que parecía extrañamente complacida y orgullosa de ella. Muchos sonreían como si fuera su cumpleaños o su graduación de la escuela secundaria.

Kelno la miraba de arriba abajo, y admiraba las flores de su cabello y la bata bonita.

— ¡Se ve usted muy hermosa, señorita Cortés! — le dijo.

Todos aplaudieron.

Todo lo que Laura podía hacer era mirar la boca abierta del foso y pensar en los muchos huesos que todavía yacían allá abajo. *Señor, ayúdame, por favor, a mantener la calma. ¡No permitas que me desespere! ¡Muéstrame la salida de esto!*

La pared opuesta de aquella grieta dentada se sacudía y retrocedía, dejando caer otros fragmentos flojos y deteniéndose, por fin, en un lugar por un momento.

— ¡Vamos, vamos! — rogaba el doctor.

Con otra sacudida y otro rugido profundo, la pared se movía otra vez y se acercaba cada vez más.

La grieta tenía una separación de unos siete metros ahora. La pared retrocedía.

— ¡No! — dijo el doctor Cortés —. ¡Señor, por favor!

¡Otra sacudida violenta! A su alrededor la tierra parecía llorar y rugir de dolor mientras las entrañas de la isla se partían y desmoronaban.

La pared se movió hacia ellos. El abismo se reducía a unos cinco, tres . . . dos metros y medio.

Javier le pasó la linterna a su padre, retrocedió varios pasos y se decidió a saltar.

La pared comenzaba a alejarse otra vez.

— ¡Salte! — le gritó su padre.

Javier arrancó, saltó en vuelo del borde del abismo, pasó sobre el infinito espacio negro de abajo, y aterrizó al otro lado.

¡La grieta se ampliaba de nuevo!

— ¡Salte! — le dijo el doctor a Adán.

Adán descargó la linterna, pegó la carrera y, con un grito de terror y decisión pasó por el aire al otro lado, donde Javier lo agarró y le ayudó a llegar a lugar seguro.

La isla temblaba y rugía enojada.

— ¡Estén tranquilos! — les gritaba Esteban Kelno a sus preocupados seguidores.

Muchos se aferraban unos a otros y algunos estaban en el suelo, sin poder ponerse de pie por el temblor. Los árboles quejumbrosos se mecían tambaleando por las sacudidas del suelo. Aun los brujos tenían los ojos desorbitados por el miedo, y susurraban entre ellos.

Kelno alzó las manos para pedir atención y silencio, y dijo:

— Se ha hecho violencia a los espíritus y fuerzas de la isla de Acuario y este es el resultado. Esta es una buena lección para todos nosotros y debemos obedecerla; pero no teman. Puesto que son los espíritus de esta isla los ofendidos,

dejemos que las tradiciones antiguas de esta isla los apaci-
güen ahora.

Luego se volvió a los brujos y les dijo:

— Pueden proceder según sus costumbres.

Con gritos horripilantes, alaridos y rezos, los brujos volvieron a golpear los tambores. Laura miraba con desprecio
el alboroto y sabía que era todo demoniaco; pura y total
hechicería.

— Señor Jesús — oraba —, pido que tu sangre preciosa
me proteja de las artimañas de Satanás. Si debo morir, que
así sea. Sé que estaré contigo, pero . . . si te parece bien, de
veras que no quiero que gane Satanás.

No hubo más tiempo para orar. De repente, los dos guardias grandes le pusieron unas cuerdas alrededor, apretán-
dole las piernas y los brazos junto al cuerpo. Después,
mientras los gritos salían de los nativos y recién llegados,
bajaron a Laura con una cuerda al foso. Bajaba y bajaba, la
longitud de un brazo de cuerda a la vez, el cuerpo rozando
contra las rocas, volviéndose despacio al torcerse la cuerda,
cayendo cada vez más cerca de ese lecho horrible y fétido de
huesos allá abajo. Los gritos y aplausos de la gente hacían
eco a su alrededor como murciélagos furiosos.

Tocó con los pies el fondo arenoso, pero no tenía equilibrio
ni podía usar los brazos y piernas amarrados. Con un respiro
y un susurro de su bata de lino, cayó al piso del foso, su
cuerpo apartó unas costillas, y la cabeza formó como un plato
poco profundo en la arena. Se encontró cara a cara con una
calavera vieja y blanquecina, cuyas órbitas oculares vacías
la miraban y sus dientes torcidos le sonreían burlones.

Ella procuraba pensar y orar, y se esforzaba mucho por no
llorar.

DIEZ

El doctor Cortés estaba a punto de saltar a través del abismo móvil y peligroso. Ya les había arrojado las linternas a Javier y Adán, y esperaba el momento preciso para saltar.

Mientras la tierra seguía moviéndose y sacudiéndose, y el abismo se ensanchaba más, los tres podían ver un destello de luz del día muy alto y lejano dentro de la grieta. La horrible hendidura había cortado a través de toda la isla, derecho hasta la superficie.

Entonces oyeron un ruido alto arriba, seguido de algo que se aplastaba y despedazaba. Los tres miraban de ambos lados del abismo la tierra, rocas, pedazos de concreto, madera partida, vidrios rotos, pedazos de pared y aun los restos de unas pocas sillas que caían como basura por un tubo, desapareciendo con gran conmoción en las hendiduras muy abajo. Pronto pudieron oír el chapoteo distante cuando los despojos caídos golpearon el agua de mar que entraba por debajo de la isla.

— Me parece que parte de una casa acaba de pasar por aquí — dijo el doctor Cortés.

— Creo que debes saltar, papá — sugirió Javier muy nervioso.

— ¡Echense para atrás!

El doctor se quitó el sombrero y lo lanzó sobre el abismo. Entonces se quitó las botas y las arrojó también. Retrocedió tanto como pudo en el túnel y luego, corriendo más rápido de lo que había corrido en mucho tiempo, se dirigió al precipicio, saltó a través del abismo, voló y . . . ¡lo logró! Se fue de cabeza y rodó por las rocas, pero pasó.

— ¡No había hecho algo así desde que terminé la escuela secundaria! — dijo.

El doctor se puso las botas y el sombrero, los tres recogieron su equipo y siguieron avanzando.

Se detuvo el toque de tambores. También cesaron los rezos y lamentos. Laura todavía yacía indefensa en el fondo del foso. Con el rostro medio hundido en el suelo arenoso, no podía mirar arriba; pero sí oyó que la gente se iba. *Esto debe ser un acontecimiento muy sagrado para ellos; demasiado para que alguien se quede a mirar.*

Ahora, ¿qué iba a suceder? *No puedo moverme* — pensó Laura —. *Estoy sola en el fondo de este foso, y parece que algo viene a comerme.*

Sin embargo, el Señor estaba con ella con toda seguridad. Laura se maravillaba de que no estaba más asustada. Eso tenía que ser lo último en terror, la manera más horrible del mundo para morir; no obstante, ella todavía sentía una paz muy segura y familiar en todo eso.

— Tú sí oyes mis oraciones, ¿verdad? — dijo en voz alta.

Y pareció que el Señor le respondió inmediatamente. Además de la paz, sintió algo más; de repente se llenó del deseo de luchar, como si una ira santa la llenara toda. Comenzó a retorcerse y agitarse.

— Señor — oró —, estoy lista cuando tú quieras. Voy a hacer todo lo que pueda. ¡Satanás, tú estás vencido!

Las rocas volcánicas eran ásperas y abrasivas. Rodó y quedó de espaldas y levantó los pies, descansando los tobillos amarrados contra la pared de roca del foso. Allí comenzó a rozar de arriba abajo, frotando la cuerda contra las rocas.

Laura sentía una brisa que soplaba de algún lugar sobre el rostro, pero no era una brisa fresca. Llevaba un olor fétido. Siguió frotando.

—¡Vaya! — dijo el doctor.

El túnel se separaba de repente en dos pasadizos.

— ¿Debemos separarnos? — preguntó Javier.

— No, no, es demasiado peligroso — respondió su padre. Luego miró el reloj —. Es de mañana allá arriba.

Adán expresó sin querer sus horribles temores.

— ¡Tal vez ya no haya tiempo!

El doctor se inclinó y examinó con cuidado el piso de cada túnel. En el túnel de la derecha, no encontró nada. En el de la izquierda, miró con más cuidado; luego penetró más profundamente.

— Muy bien — dijo —. Este es.

Indicó la marca acanalada conocida en el suelo del túnel. El monstruo había pasado por ahí.

Se apresuraron, agachándose debajo de las rocas y en las vueltas estrechas, y el corazón se aceleraba con el temor que seguía aumentando.

Laura hizo un gesto. ¿Qué era ese olor? Parecía empeorarse. Siguió tratando de romper la cuerda de los tobillos, raspando, raspando y raspando.

¡Se rompió! Las piernas le quedaron libres. Pateó y se retorció y se soltó la cuerda. Luego se apoyó en las piernas y se levantó.

Ssssssssss.

¡Oh no! ¿Qué fue ese sonido?

Sssss . . .

Parecía que venía de detrás de una roca grande por allá. Debe de haber una abertura.

¡Vamos, Laura, quítate las cuerdas!

Retrocedió contra las rocas y comenzó a raspar la cuerda

que le ataba las muñecas. Arriba, abajo, arriba, abajo, rompiendo desesperada cada fibra. ¿Podría cortar la cuerda?

El olor ya era más fuerte. Algo lo causaba, era obvio, y ese algo se iba acercando.

Ssssssss . . .

¡Señor, ayúdame a cortar esta cuerda!

Javier fue aprisa por un pasaje estrecho delante de Adán y de su papá. De repente se le hundieron los pies en el piso. Alrededor de él, el piso del túnel se convertía en fragmentos y piedrecitas que caían en un pozo vertical y profundo, saltando y haciendo ruido en los lados.

Una mano fuerte lo agarró por la manga de la camisa, y después otra mano lo tomó con más fuerza por un brazo.

— ¡Aguanta, hijo, aguanta! — gritaba su padre.

Javier no pateó ni luchó. Sabía que era mejor así. Podía oír el eco de un pozo muy profundo debajo de los pies colgantes. Mover los pies era todo lo que podía hacer para no sentir pánico.

El doctor halaba a Javier y Adán halaba del doctor Cortés y, por fin, pusieron a Javier en terreno sólido.

El doctor sostuvo la linterna alta para ver mejor.

— ¡Como una trampa! El piso era delgado como papel en ese pozo de lava. Parece que podemos pasar alrededor del pozo sobre ese saliente de allá.

Avanzaron paso a paso por el saliente estrecho, con la espalda contra la pared y el pozo profundo a sus pies.

Ssssss . . .

El monstruo se acercaba. Laura seguía raspando con la cuerda. Ya debía de estar más delgada.

Oyó otro sonido nuevo, un ruido sibilante largo y dilatado como de respiración. Algo se arrastraba, resbalando a través de las hendiduras de las rocas.

— ¡Vamos, cuerda, rómpete!

Un resoplido caliente y húmedo de aire sopló dentro del

foso. Laura miró hacia la abertura. El corazón se le estremeció dentro del pecho.

De las tinieblas surgían dos ojos enormes, dorados y brillantes, que se elevaban cada vez más al salir de la abertura.

Los ojos estaban enfocados en ella. Hubo otro resoplido de aire húmedo de la nariz del monstruo.

La había visto.

ONCE

Laura oró y en seguida se rompió la cuerda. Se soltó y movió los brazos.

Los ojos refulgentes surgieron de la abertura, y una cabeza monstruosa como de dragón salió a la luz. Era . . . ¡una serpiente! Pero ¿cómo podía una serpiente ser tan enorme? La cabeza era tan grande como la de un caimán, sostenida por una nuca larga del tamaño del tronco de un árbol. Su lengua babosa golpeaba el aire, y un aliento caliente y vaporoso le salía de la nariz.

Todavía la miraba, pero no parecía tener prisa. Se veía que estaba habituada a hallar alimento fácil y regular en esa trampa. El cuerpo grueso seguía penetrando en el foso mientras la enorme cabeza se echaba hacia atrás y arriba; estaba más alta que Laura, como un dinosaurio sin brazos, meciéndose de atrás para adelante y sacando y guardando la lengua.

Laura se agachó y agarró un pedazo largo de hueso. No tenía idea de lo que haría con eso, pero no estaba dispuesta a dejar que la bestia se la comiera sin defenderse.

¡*Oh!* ¿*Qué fue eso?* Laura se echó hacia atrás, asustada por algo que le había caído sobre la cabeza. ¡Era una cuerda!

La serpiente la atacó. Ella se agachó y se hundió entre los huesos del suelo arenoso. La gran trompa de la serpiente chocó contra la pared de piedra. Laura torció el cuerpo, con la cara hacia arriba y vio que estaba tendida debajo de la nuca de escamas blancas y en movimiento de la serpiente. Estaba fuera del alcance de su vista y la había perdido. La enorme cabeza se movía alrededor, con la nariz resoplando enojada y la lengua buscando en el aire su aroma. Los ojos grandes la vieron otra vez.

Alguien gritó desde arriba:

— ¡Venga! ¡Venga usted niña!

La serpiente atacó otra vez. Laura la esperaba; se dejó caer de repente, pero con el hueso en alto. La serpiente golpeó el extremo redondo del hueso contra la pared y se le clavó el extremo dentado en la trompa. Un silbido de dolor salió de esa boca profunda y blanca como el algodón. Laura se lanzó debajo de la nuca arqueada, arrastrándose hacia la cuerda colgante. La serpiente movía la cabeza de atrás para adelante, tratando de sacudir el hueso de la piel correosa.

Laura agarró la cuerda, que inmediatamente la subió. Se alejaba el suelo del foso.

¡No! La serpiente había mordido la bata. ¡La halaba hacia abajo!

— ¡Omar! — gritó ella.

El polinesio grandote estaba arriba, halando con toda su fuerza de la cuerda.

¡Señor, ayúdame

La serpiente sacudía y torcía la cabeza, tirando a Laura de un lado para otro al extremo de la cuerda; pero entonces la bata comenzó a rasgarse. Laura bajó un brazo y dejó rasgar la tela y desprenderse del hombro. La serpiente haló y tembló, y al fin agarró un bocado de lino.

Laura salió disparada del foso y la recibieron los brazos fuertes de Omar. Rápidamente él la puso a un lado y fuera de peligro, y después agarró un trozo grande de carne cruda y se lo arrojó a la serpiente.

Laura vio la enorme cabeza que salió del foso, con la boca abierta, y la carne desapareció por esa garganta hambrienta mientras le goteaba la sangre de las mandíbulas.

Omar tomó a Laura de la mano y corrieron. Ella no hizo preguntas. Se limitó a correr y correr.

— Creo que veo la luz del día — dijo Adán.

Los tres corrieron hacia la luz y quedaron paralizados de terror.

Había una cola larga serpenteante con piel correosa y gruesa en el túnel, como un tronco enorme.

Retrocedieron horrorizados y mudos. El doctor Cortés tenía el revólver listo, pero . . . ¿qué le podría hacer a algo tan monstruoso?

¡La cola se sacudía! El monstruo se movía.

Se agacharon dentro de un orificio pequeño en las rocas, que era el único escondite posible.

Como raspando contra las rocas y sobre la arena, el enorme tronco correoso se deslizó por el túnel, se torció y dio la vuelta. Entonces la cabeza enorme y fea como de dinosaurio pasó junto a ellos, todavía con sangre en las quijadas; el monstruo se arrastraba hacia las profundidades de la isla temblorosa.

Cada uno pensaba en la sangre y lo que podría significar, pero nadie dijo nada al respecto. Ninguna palabra podría dar ánimo. Esperaron hasta que la cola se veía como un punto y desaparecía en las catacumbas de abajo, y entonces recorrieron la senda de la serpiente hacia arriba, a la luz del día, hasta salir por la abertura.

Era el foso. Habían llegado. No había señal de Laura. O ¿tal vez sí?

Cuando vieron la bata de lino, fue Adán quien se acercó despacio, caminado por entre los huesos esparcidos. Con dos dedos la recogió con cuidado. No dio la vuelta.

— ¿Qué es? — preguntó el doctor Cortés.

— Es . . . es . . .

— ¿Qué es? — volvió a preguntar .

— Es un traje ceremonial — dijo a pesar suyo Adán —. Se usa para . . .

El doctor ya estaba allí, arrebatándole la bata de la mano.

— Se usa en los sacrificios — terminó de decir Adán.

El doctor miró la bata con cuidado. Estaba manchada de sangre. La sostuvo de los hombros y la descolgó. Era la medida de Laura.

— Papá ... — dijo Javier, mientras recogía algo de la arena.

Era una crucecita de oro en una cadena fina; la favorita de Laura, la que siempre llevaba al cuello.

— Esto no quiere decir ... — comenzó a decir Adán.

— ¡No! — dijo desesperado el doctor, con la voz oprimida —. ¡No, no puede ser!

Javier pudo sólo apoyarse en la pared de roca, con el cuerpo flojo y el rostro pálido.

Su padre doblaba la bata una, dos veces, y más, abrigándola en las manos temblorosas. La apretó contra el pecho y se quedó allí inmóvil un rato.

— Papá ... — trató de decir Javier.

Tenía la garganta tan seca y la voz tan débil que sólo dijo con dificultad:

— No sabemos con seguridad.

Su padre seguía allí, inmóvil y silencioso.

Desde muy abajo, el rugido volvió a comenzar. La tierra tembló un poco.

Adán recordó.

— Juan, la bajamar será dentro de dos horas. Será la única oportunidad que tendremos de sacar el barco por el túnel y lejos de aquí antes que se hunda la isla. Juan, ¿me oye?

Parecía que el doctor no había oído nada.

Adán volvió a hablar muy suavemente:

— Juan, debemos tratar de advertir a la gente, de salvarlos. Tenemos que hacerlo, Juan.

Javier despertó de su choque y estupor bastante para decir:

— No ... no entiendo nada de esto. ¿A quién se debe

salvar allá? Esta gente . . . no merece nada. ¡Sólo mire lo que han hecho!

— Dios los ama. El nos salvó y no merecíamos la salvación. Debemos compartir su amor con ellos también.

Javier se veía nervioso y miraba al suelo lleno de huesos.

— Usted dice eso porque es misionero.

Adán le tocó un brazo al doctor Cortés y miró a Javier con ojos compasivos.

— ¿No somos todos misioneros?

De repente, el doctor se reanimó, respiró profundamente y miró las paredes alrededor.

— Tendremos que formar una escalera humana para salir de aquí. Entre los tres podremos lograrlo.

Adán vio algo en los ojos del doctor Cortés que le infundió mucho temor.

— Juan, ¿está bien?

— Seré el de abajo. Adán, súbase a mis hombros.

Adán vaciló.

— ¡Súbase a mis hombros, Adán! — le ordenó el doctor.

Adán estaba preocupado, pero obedeció. Javier se subió entonces en los hombros de Adán y pudo llegar a la superficie de arriba. En seguida halló una cuerda. Se preguntaba de dónde habría salido, pero no había tiempo para pensar. En un momento aseguró un extremo a una piedra grande de altar. El doctor y Adán salieron pronto.

Los ojos del doctor estaban duros y fríos, y se dirigió decidido a la aldea.

— Ahora deben de estar desayunando, y descuidados. Javier, podríamos probar una táctica de distracción.

— Juan — dijo Adán, con preocupación en la voz —, ¿está seguro de sus motivos?

— ¡Vámonos! — respondió el doctor, con el pulgar en el gatillo del revólver y dándole vueltas al tambor.

Laura seguía corriendo, detrás del gigante polinesio por senderos serpenteantes y cubiertos de hierbas, y a través de la vegetación espesa y los pantanos pegajosos. Estaba tan alegre de estar viva que no pensaba que podría cansarse jamás.

Llegaron a ese sendero oscuro que les había mostrado antes, el que llevaba a la aldea medio hundida. Omar iba adelante subiendo por una colina hasta llegar a una chocita sola que todavía estaba a salvo de la inundación. Laura miró hacia el mar y vio que la aldea ya estaba completamente bajo las olas espumosas e inquietas.

— ¡Qué! — exclamó —. ¿Qué pasó?

Omar hizo que entrara en la choza, y después los dos cayeron al piso de tierra blanda para recobrar el aliento.

— ¿Por qué hizo usted esto? — preguntó Laura —. ¿Por qué me salvó?

Ella hizo las preguntas algunas veces, casi repitiendo lo ocurrido para hacerle entender. Omar trataba de responder, pero no hallaba las palabras. Por último, se agachó e hizo con un dedo una cruz cristiana en la tierra.

— Mibuá — dijo, y se señaló el corazón.

Laura entendió eso inmediatamente, y preguntó:

— ¿Usted . . . usted conoce a Jesucristo?

— ¡Mibuá! — dijo, indicando en las palmas de las manos para imitar las heridas de los clavos y luego poniendo las palmas juntas como en oración.

— ¡Jesucristo! ¡Mibuá!

Laura estaba sorprendida. Sentía que se inundaba de gozo.

— Omar, ¿de veras conoce usted a Jesucristo?

El afirmó con la cabeza, y luego dijo:

— Adán.

— ¿Adán? ¿Quiere decir Adán MacKenzie?

— Adán, él Mibuá.

— ¿Adán es cristiano?

Laura señaló la cruz en la tierra para estar segura de que entendía lo que Omar le decía. Omar afirmó con una sonrisa amplia.

— Y ¿él le habló de Jesucristo?

Laura se tocó las palmas con un dedo al decir el nombre, y Omar volvió a afirmar con la cabeza.

— Pero ¿dónde está Adán MacKenzie? ¿Está muerto?

Omar negó con la cabeza.

— ¡No! ¡No está muerto! Adán . . .

A Omar le faltaron las palabras, y garabateó un dibujo en la tierra. Hizo un bosquejo ordinario del abismo con el remolino, y aun hizo los ruidos del remolino con la boca. Después demostró cómo Adán había caído en el remolino.

— ¡Oh, no! — dijo Laura —. Entonces . . . está muerto, así como . . .

No pudo continuar. La ahogaban las lágrimas.

Sin embargo, Omar no la dejaba llorar. Movía una mano frente al rostro de ella para llamar su atención, gritando:

— ¡No, Adán no está muerto!

Hizo un dibujo sencillo de la caverna debajo de la isla, luego dibujó con rayas la figura de un hombre, lo señaló y volvió a decir:

— ¡Adán!

Laura usaba gestos para preguntar:

— ¿Hay una . . . caverna debajo de la isla?

Omar afirmó con la cabeza.

— ¿Y Adán está vivo allá abajo?

— Su papá, tal vez. ¡El papá grande y el pequeño!

— ¿Mi papá y mi hermano?

Omar dijo que sí.

Laura sentía que volvía a verse dominada por sus sentimientos. ¿Vivos? ¿Javier y papá vivos?

— ¿Cómo . . . cómo llego hasta ellos? — le preguntó.

Omar echó la cabeza para atrás y se rió. Se levantó de un salto y le indicó que lo siguiera. Salieron por la puerta, corriendo por la colina arriba a otra choza, una muy grande. Debe de haber sido un salón de reunión en otro tiempo. Entraron agachados.

Laura no podía creer lo que veía. Esa choza primitiva en

la selva estaba convertida en bodega. La choza estaba llena de madera, provisiones, latas de gasolina, herramientas y varios guacales del barco de los Cortés, a salvo y seguros, rescatados del incendio.

— Omar — dijo Laura, haciendo un inventario mental rápido de todo —, ¿cómo llegó todo esto aquí?

Omar se sonrió y se señaló.

Laura recordó.

— Eso era lo que hacía usted aquella noche. Estaba robando estos materiales de la aldea de Kelno.

El entendió bastante para inclinar la cabeza otra vez y reírse de su astucia.

Laura tuvo que reírse también.

— Encontramos su antorcha sobre una roca en la selva.

— ¡Pero Omar aquí! — exclamó él.

— ¿Por qué ha estado guardando todo esto?

— Adán.

— ¿Hasta las provisiones de nuestro barco?

— No. Son suyas. Omar toma sus cosas para no quemar. Son de ustedes.

Laura estaba muy agradecida. Lo tomó de la mano.

— Gracias, Omar. Fue usted muy valiente. Podrían haberlo sorprendido tratando de ayudarnos.

El no entendió todo lo que ella dijo, pero sabía que le daba las gracias. Entonces inclinó la cabeza.

Laura estaba muy impresionada. Cerró los ojos y dijo:

— Gracias, Señor. Has respondido a mi oración.

— Mibuá — dijo Omar, mirando hacia el cielo.

En la aldea, completamente despierta, los sonidos del desayuno se oían por la calle desde el comedor.

Había también otros sonidos que retumbaban y explotaban como truenos amenazantes desde lo profundo debajo de la isla. Se podía sentir el temblor en los pies; el movimiento pendular se notaba en los árboles altos. Había una tensión que se propagaba por el aire y un temor inescapable llenaba los corazones.

Por órdenes de Esteban Kelno, un abogado y un constructor montaban guardia solitarios y asustados a la entrada de la aldea, oyendo, percibiendo y hablando de los sonidos y las sacudidas y lo que podrían significar. El *señor* Kelno había dicho que los temblores cesarían una vez que se destruyera al último de los intrusos, ofrecido a la serpiente dios; pero no habían pasado los ruidos ni los temblores del suelo. Al contrario, se habían puesto peor y, aunque nadie lo dijera en voz alta, todos estaban seguros de que hasta Kelno estaba asustado. Si no temía a los terremotos, sí temía a aquellos visitantes extraños con su religión cristiana anticuada. *Después de todo* — pensaban —, *si el señor Kelno está tan seguro de que están muertos y desaparecidos para siempre, ¿por qué nos ordenó que montáramos guardia aquí a plena luz del día?*

Mientras los dos estaban en sus puestos, con los rifles al hombro, hablaban en voz muy baja de sus temores y dudas. La tierra ya se había abierto y había devorado una casa. ¿Qué vendría después? ¿Dónde? ¿Quién sería la próxima víctima?

¡De repente se oyeron unas pisadas! Venían por el sendero hacia la aldea. Una figura humana surgió de la selva. Los dos centinelas quedaron pasmados. ¿Qué era esto? ¿Un espíritu? ¿Un engaño de la mente?

Allí, en el sendero, como si fuera su posesión, estaba la imagen, el fantasma, el espíritu de aquel joven intruso, ¡el muchacho Cortés!

¿Deberían hablarle? ¿Qué podrían hacer sus armas?

— ¡A . . . alto ahí, quienquiera que seas! — dijo el abogado.

El espíritu no dijo palabra, sino que se sonrió y siguió avanzando hacia ellos.

Levantaron los rifles para apuntar, pero al mismo tiempo retrocedieron, aterrorizados.

El espíritu avanzaba.

Todo lo que se necesitó fue ese momento de temor e indecisión para que otros dos aparecidos cayeran sobre los guardias desde árboles a ambos lados del camino. Antes que los hombres supieran lo ocurrido, los "fantasmas" de Adán MacKenzie y Juan Cortés los habían echado al suelo y les habían quitado los rifles.

— Buen trabajo, Javier — dijo su padre, sacando las balas de un rifle.

— ¿Ahora qué? — preguntó Adán, al vaciar el otro rifle.

— Vamos por el jefe — dijo el doctor —. El gran *señor* Kelno.

— ¿Qué van a hacer? — preguntaron los centinelas muy asustados.

El doctor todavía no respondía a esa clase de preguntas. Miró a los dos hombres y les exigió:

— ¿Dónde puedo hallarlo?

Los hombres se miraron y uno respondió:

— En su cabaña, pero está rodeado de sus guardaespaldas. Nunca llegará hasta él.

— Veremos.

Los ojos del doctor estaban fríos y decididos.

— Vamos, levántense. Los necesitamos como protección.

Con los dos centinelas caminando delante involuntariamente, los tres bajaron por la calle principal, con la mirada alerta y las pisadas silenciosas y furtivas. Se acercaban al comedor. Toda la gente estaba adentro tratando de comer, escuchando los ruidos y agarrados de los lados de las mesas con las manos emblanquecidas.

— Adán, tal vez quieran escucharle — dijo el doctor.

Llegaron al borde de la plaza de la aldea, y podían ver las luces que ardían en la cabaña de Esteban Kelno. Había dos centinelas sentados en el balcón, desayunando de platos desechables y no muy vigilantes de los intrusos.

— Esperen aquí — dijo el doctor.

Adán estaba a punto de preguntar algo, pero el doctor ya había desaparecido.

Como la bala de un rifle, como un tigre que acecha su presa, el doctor Cortés corrió a través de la plaza y subió por los peldaños de la cabaña antes que los centinelas pudieran darse cuenta de lo que ocurría. Un matón logró agarrar el rifle, pero chocó con una mano fuerte que mandó todo su cuerpo contra la pared. Quedó fuera del juego. El otro centinela sólo tuvo tiempo de dar una paso adelante antes que una bota lo golpeara en el centro del pecho y lo lanzara por encima de la baranda.

Dos caídos.

La puerta de la cabaña se abrió con fuerza, aflojándose las bisagras. El guardaespaldas de la sala sólo vio algo borroso que se le hundió en el estómago como un torpedo, lanzándolo hacia atrás sobre un sofá y a través de la ventana de atrás. Estaba afuera.

Tres caídos.

Los dos guardias personales de Kelno salieron corriendo de sus alcobas. Estaban listos. Uno había sacado el revólver.

¡Pun! El doctor Cortés disparó primero con un destello enceguecedor, y el revólver salió volando de la mano del guardia que recibió también una patada en el pecho, como de un ariete. El otro guardia recibió un fuerte puñetazo en las costillas.

Cinco caídos.

En su cuarto, Esteban Kelno, que estaba desayunando, se levantó de un salto.

— ¿Qué es . . . quién es usted?

El airado invasor agarró la mesa del desayuno y la volteó, regando la comida de Kelno sobre él y aprisionándolo contra la pared con un ruido de platos al romperse y de madera al astillarse. Un puño de hierro se aferró al cuello de Kelno y lo inmovilizó, y luego se oyó el ruido ominoso del revólver al montarse.

Esteban Kelno estaba frente al cañón de un revólver 38 largo, y detrás del arma estaban los ojos fríos, airados e implacables de un enemigo difícil de matar.

114

DOCE

Kelno quedó enmudecido y aterrorizado. Sólo podía mirar y temblar, respirando con dificultad, sin poder quitar la mirada de aquellos ojos fríos.

El que lo tenía agarrado no decía palabra ni aflojaba su puño por lo que parecía una eternidad.

— ¿Es usted . . . ? — Kelno se esforzó por decir —. ¿Ha vuelto de los muertos, Juan Cortés?

El puño grande apretó más, y una voz áspera dijo:

— ¿Dónde está mi hija?

Kelno sabía que no tenía una respuesta aceptable.

— ¡Usted . . . usted es cristiano! ¡Usted no puede matarme a sangre fría!

— ¡Mi hija!

— ¡Usted no puede matarme!

El doctor Cortés levantó a Kelno en el aire con su fuerte brazo.

— Sí puedo, Esteban Kelno. Ahora mismo, más que nunca, seguro de que puedo.

Kelno creía que estaba a punto de morir.

Sin embargo, como si el doctor se hubiera asustado de sus propias palabras, los ojos fríos y feroces se endulzaron y se aflojó el puño un poco. La mirada de enojo del rostro del doctor se convirtió en una expresión de profunda tristeza. Pasó un momento de terror y silencio. Luego, con un suspiro de lamento, dirigió el cañón del revólver a un lado y puso el gatillo en reposo. Volvió el revólver a la pistolera.

— ¿No me va a matar? — preguntó Kelno, y sintió alivio.

El doctor no pudo responder en seguida. Estaba demasiado perturbado por sus propios actos.

— Estuve... a punto de... — replicó al fin —. Laura está muerta por culpa suya. De seguro pude haberle quitado la vida.

— ¿Por qué no?

— Entregué a Laura... entregué a mis dos hijos al Señor el día que nacieron. Ni siquiera mi vida me pertenece. Los Cortés son de Jesucristo. El nos compró con su sangre, y El conserva... o toma nuestra vida.

Esteban Kelno todavía estaba muy consciente de aquel puño de hierro que estaba inmóvil alrededor de su garganta.

— ¿Qué va a hacer conmigo?

— La venganza es de Dios, no mía. Usted debe darle cuenta a El de lo que ha hecho. Mientras tanto, voy a pasarle a usted la gracia de Dios. Jesucristo me salvó y voy a tratar de salvarlo a usted.

El doctor echó la mesa a un lado y después llevó a Kelno casi cargado hacia la puerta.

— Dése prisa. Esta isla se va a hundir en pocas horas.

Salieron por la puerta rota del frente al balcón. Los guardias caídos apenas se estaban levantando, todavía sin saber qué los había golpeado. La gente del pueblo había oído el tiro y el alboroto y había llegado corriendo.

— ¡Alto todos! — gritó el doctor, agarrando a Kelno con mucha fuerza.

Todos mantuvieron la distancia mientras seguían congregándose en la plaza, con los ojos llenos de horror. ¿Qué es esto? ¿Un fantasma? ¿Un hombre inmortal? El ser invulnerable que había engañado a la muerte dos veces tenía entonces a su líder. ¡El *señor* Kelno estaba a merced del doctor!

— Hay un amigo aquí que quiere decirles algo — dijo el doctor.

Luego miró a través de la plaza al lugar de donde salía Adán de su escondite y se subía a una roca grande. Javier estaba más abajo con los dos centinelas pusilánimes.

Toda la multitud quedó boquiabierta, mirando a Adán y a Javier, y después al doctor Cortés, y otra vez a Adán. Se leía la misma pregunta en todos los rostros: ¿Qué pasa aquí? ¡Estos hombres han resucitado!

Adán habló con claridad.

— ¡Amigos! Muchos de ustedes me conocen. He trabajado y orado con Samuel, Benny, Jovita, Trudy y Jaime. Ustedes saben que vine a esta isla a proclamar las buenas nuevas de Jesucristo, quien vino a salvarnos a todos y a darnos vida. Todavía estoy en esa obra, y la invitación a aceptar a Jesucristo como Señor y Salvador todavía es válida. Escúchenme: También quiero salvar su vida. Han oído los ruidos, han sentido que el suelo se sacude, han visto las señales y conocen las advertencias. Amigos, les digo la verdad. Esta isla está condenada a desaparecer. Se está hundiendo debajo de nosotros en este preciso momento.

— ¡No lo escuchen! — gritó Kelno —. El no puede salvarlos. Jesucristo tampoco. No necesitan a ningún salvador sino a ustedes mismos.

— ¡He construido un barco! — gritó Adán —. Si Esteban Kelno no los deja escapar en su barco, los invito a escapar en el mío. Le hago esta invitación a cualquiera que la acepte, pero debemos salir ahora.

— ¡El miente! — gritó Kelno —. Yo tengo la verdad. Esta isla nunca se hundirá. No lo permitiré.

— Los fundamentos de la isla los está erosionando el mar ahora mismo, mientras hablamos — respondió Adán —. El centro de la isla se rompe. Podría hundirse en cualquier momento.

Como para confirmar las palabras de Adán, el suelo dio una sacudida fuerte y varias personas se cayeron. Un pánico peligroso recorría la multitud. Se movían y hablaban asustados entre ellos.

— ¡Silencio! — gritó Kelno —. ¡Silencio! ¡Yo mando aquí y ustedes harán lo que yo diga!

— ¡Entonces detenga los terremotos! — gritó un anciano.

— ¿Quién dijo eso? — exigió Kelno con rabia, y mirando a la multitud.

Entonces hubo varios gritos más.

— Sí, usted dijo que el temblor cesaría. Pues no ha parado — dijo una mujer.

— Oigan, yo soy geólogo, y creo que MacKenzie tiene la razón — dijo un hombre bien vestido.

— ¡No quiero morir! — gritó una jovencita.

La gente se dividía, unos por Kelno y otros por Adán. La multitud se ponía muy inquieta, asustada y de mal humor.

Los ruidos eran peores. El suelo temblaba, las ventanas de las casas vibraban y los árboles se mecían y agitaban.

— Debemos salir ahora mismo — dijo Adán —. Vengan conmigo, por favor.

— ¡Quédense! — ordenó Kelno.

No obstante, muchos corrieron a la roca donde estaba Adán. Los que todavía eran leales a Kelno trataron de retenerlos, pero ellos estaban decididos a quedarse con Adán.

El doctor Cortés le habló a Kelno.

— ¿Qué le parece? Con su barco y el de Adán, podemos sacar a toda esta gente de la isla a lugar seguro. Podemos salvarlos a todos.

— Este es nuestro hogar. Nuestro nuevo mundo. El futuro es nuestro.

— No tiene futuro aquí. ¡No sea necio! Usted y todos sus seguidores se pueden salvar.

Kelno vio que pronto la gente estaría fuera de su control. Levantó las manos y gritó:

— ¡Escúchenme todos!

La multitud se calló.

— Estos hombres son mentirosos, y no deben temerles. Este evangelio, lo que dicen de Jesucristo, es sólo un engaño, algo para destruir su fe en su propio poder. No hay salvador aparte de uno mismo. ¿Por qué volverse a ellos o a su Dios en busca de salvación? ¡Ustedes son el único dios que necesitan!

— ¡Sí! — gritaron algunos —. ¡El *señor* Kelno tiene razón! ¡Podemos salvarnos nosotros mismos!

— Pero, ¿qué dicen de los terremotos? — alguien más preguntó.

— ¿Cuáles terremotos? — dijo Kelno con burla —. Digo que no son sino una ilusión; algo que todos ustedes han concebido en su mente aterrorizada.

La sincronización no pudo ser mejor. De repente, como si la tierra diera una sacudida enorme, el comedor que estaba en una colina arriba de la plaza de la aldea crujió y gimió. Entonces, con un gran ruido de tablas al romperse, ladrillos desmoronados y vidrios rotos, se partió por la mitad como una guía telefónica en las manos de un hombre fuerte. Todos gritaron, pero la sensación no terminó allí. Con un retumbo profundo y un desgarramiento alto y largo, una grieta negra y dentada zigzagueó por el prado del frente del comedor, abriéndose y extendiéndose hasta entrar en la plaza. La gente se empujaba para hacerse a un lado mientras la aldea se partía por el centro como cortada con un cuchillo gigante e invisible.

Adán aprovechó la oportunidad.

— ¡Vengan conmigo, salgamos en seguida!

Algunas familias y varios profesores universitarios corrieron detrás de él. Unos trabajadores saltaron sobre la grieta profunda que todavía se ensanchaba para seguirlo. Ni los gritos y amenazas de Esteban Kelno los harían volver.

La isla se sacudía inclemente, y el doctor no veía razón para seguir allí. Soltó a Kelno, que perdió el equilibrio por los temblores y cayó al piso del balcón.

— Con permiso — dijo el doctor —. Javier, ¡vámonos de aquí!

Su padre saltó sobre la grieta, y con su hijo siguió a la multitud que salía huyendo de la aldea.

Kelno se levantó con dificultad y se apoyó contra un poste del balcón. Airado, les gritaba a los seguidores que le quedaban:

— Esos hombres son diablos, y ¡se burlan de mí! ¡Tras ellos! ¡Mátenlos a todos!

Sus centinelas leales y hombres de confianza obedecieron la orden, se agruparon y tomaron las armas. Persiguieron a la multitud que huía, saltando sobre la grieta creciente y corriendo en desorden, pues el suelo tembloroso se sacudía como un barco azotado por la tempestad.

Laura y Omar corrían loma arriba y entraban en la choza llena de provisiones, y después descendían con cajas, y volvían a subir y a bajar. Cargaban con ansiedad cosas en una canoa de tronco muy grande que Omar había amarrado a la orilla donde había estado la aldea. Se resbalaban y vacilaban, pero seguían trabajando. El océano hervía ya y las olas eran cada vez más altas y violentas. Parecía que se derrumbaba todo el mundo.

— ¡Vamos! — gritó Omar, para darse prisa —. ¡Vamos pronto!

Corrieron a la choza de las provisiones. Laura agarró dos latas de gasolina. Omar recogió lo que parecía una caja de bizcochos, y se llevó uno a la boca.

Laura lo vio apenas a tiempo.

— ¡No, Omar, no!

El hizo un gesto horrible y lo escupió. Ella lo atrapó antes de golpear el suelo.

— No — dijo ella —. Esto no es comida. Es un explosivo plástico. ¡Cosa mala, muy mala!

— Cosa mala — dijo Omar, descargando la caja.

— Por eso el barco no explotó cuando lo quemaron. Omar, eres una bendición.

Entonces se rió.

— ¡Vamos, vamos pronto! — fue lo que dijo, y agarró una caja de verdadera comida.

Llevaron su última carga a la canoa y luego, entraron de un salto y agarraron los remos, y se apartaron de la costa que se hundía rápido. Remaban con toda su fuerza pero, por supuesto, Omar con sus fuertes brazos daba casi todo el impulso. El seguía gritándole a Laura, y ella remaba lo mejor que podía. Pasaron las olas peores y después siguieron junto a la costa.

— ¿Cuán lejos está la entrada del túnel? — le dijo Laura a Omar.

— Adán y su papá, no lejos. Llegamos allá, verá.

Omar gritaba por encima del rugido de la isla temblorosa y el golpe violento de las olas.

La canoa se abría paso por el oleaje fuerte. Se mojaban pero seguían remando.

Adán llegó al claro y al foso. Hizo señas a los recién fugados que descendieran por la cuerda, a lo cual se detuvieron inmediatamente.

— Así subimos aquí — les explicó —. Aprisa, por favor.

El doctor y Javier se presentaban, aprendían los nombres y ayudaban a las personas a descender.

— Mucho gusto en conocerlos. Agárrese de allí, María. Carlos, ponga el pie allí. No tan rápido, Cindy. Ed, agárrate de esa raíz allá.

— ¿Qué del monstruo que está allá abajo? — preguntó alguien.

— Confíe en el Señor — dijo el doctor.

La canoa seguía cortando las olas y Laura remaba para ayudar a Omar. A su lado, el mar se comía la costa, palmeras altas marchaban, hilera tras hilera, dentro del oleaje, precipitándose dentro del agua. Una losa enorme de roca volcánica se desprendió de una colina y cayó con un ruido atronador en el mar, levantando una enorme columna de agua espumosa.

Laura sentía dudas y temores, pero seguía remando. Tal vez... tal vez su papá y Javier estaban bien. Quizás había un túnel en alguna parte.

Se encendieron las linternas. Adán mantenía una al frente de la línea, y Javier tenía otra en el otro extremo. El doctor Cortés iba delante con Adán, tratando de recordar cuál era el sendero correcto para bajar por ese laberinto de túneles, cavidades y grietas. Hasta entonces habían doblado por donde debían.

Arriba, dieciséis hombres armados se agrupaban alrededor del foso y miraban espantados el orificio.

— ¿Allá abajo? — preguntó uno asombrado —. ¡Ni riesgos!

— Oigan — dijo otro —, yo creo en la causa, pero... pues...

— ¿Para qué perseguirlos? Ya se les puede considerar muertos.

Entonces oyeron la voz estridente de Esteban Kelno detrás de ellos.

— ¿Qué esperan? ¡Muévanse! ¡Nadie se burla de mí delante de mis seguidores!

— ¿Qué cree usted de la serpiente? — preguntó el líder del grupo.

Kelno se sentía seguro de sí cuando dijo:

— No se preocupen. Ya está calmada. Ya comió.

Era cosa de entrar en el foso o de provocar la ira de Esteban Kelno. En una fila los hombres agarraban la cuerda y bajaban.

Adán, los Cortés y veintisiete personas más habían llegado a esa horrible grieta que había partido el túnel en dos. Las dos paredes todavía se estremecían, temblando y moviéndose hacia adentro y hacia afuera como dos mandíbulas al masticar. La adrenalina le fluía de veras a Adán; con una carrera y un salto cruzó la grieta, y aterrizó y cayó al otro lado. Agarró la cuerda que le tiró Juan Cortés y la aseguró alrededor de una formación rocosa. El doctor aseguró su extremo de la misma manera, y tuvieron una cuerda segura.

— ¡Vamos, José, tú puedes pasar! — gritaba el doctor.

Los demás animaban a quien había sido un administrador comercial, mientras pegaba la carrera para saltar por encima de la grieta.

El dio la vuelta y animó a su esposa y su hijo, y ellos saltaron. Las paredes se cerraron lo suficiente. Ambos pasaron al otro lado.

— ¡Vamos, Randy! — gritaban todos, y pasó el joven carpintero.

— ¡Firme, Carlos! — gritaron.

Carlos pasó colgado de las manos por la cuerda hasta que lo agarraron los del otro lado.

Los siguieron familias y personas solteras. Una niñita era muy pequeña y estaba demasiado asustada para saltar. Su padre pasó por la cuerda con ella aferrada a su pecho.

Javier saltó y aterrizó al otro lado muy cerca de la orilla, pero había muchos brazos que lo esperaban para agarrarlo y halarlo.

Sólo faltaba el doctor Cortés. La cuerda tenía que ir con el grupo, entonces soltó su extremo y se lo amarró en la cintura.

— ¡Vamos, doctor! — lo animaban todos desde el otro lado.

— ¡Agarren la soga! — gritó él.

Adán agarró el otro extremo de la cuerda y les dijo a otros hombres que le ayudaran a ponerla tensa.

El suelo dio una sacudida fuerte. Casi todos cayeron al piso del túnel o contra las paredes. Podían sentir que la isla caía debajo de ellos.

El doctor sabía que no debía esperar. Corrió tan rápido como se lo permitían sus fuertes piernas, y voló de un salto desde el borde del abismo . . .

¡*No*! El malvado abismo se abría otra vez, y el saliente del otro lado se apartaba de él. Golpeó con los pies la pared opuesta a varios metros por debajo del saliente, y cayó de espaldas y con la cabeza para abajo, en el abismo.

La cuerda silbó y chasqueó sobre el saliente de roca en un instante, y antes que Adán supiera lo que pasaba, lo levantó, y lo mandó de cabeza sobre el saliente. Los dos hombres detrás de él estaban acostados sobre el piso rocoso del túnel, con las palmas quemadas, antes que la cuerda se pusiera tensa, todavía amarrada a la formación de roca a ese extremo.

El doctor estaba varios metros abajo, colgado de la cuerda por la cintura, recuperándose del golpe del cuerpo contra la pared; parecía que la cuerda lo partía por la mitad. Adán estaba más arriba, colgado y aguantando con la decisión que sólo el Señor podía darle.

No había tiempo para hablar ni pensar. El interior de la isla se movía y retorcía, y la grieta no se quedaba quieta. Las paredes gemían y se mecían de un lado a otro. Luego, para horror de todos, empezaron a juntarse de nuevo. ¡El abismo se cerraba!

Javier y los veintisiete fieles comenzaron a gritar desesperados y a halar la cuerda. El doctor hundía los pies en la pared y procuraba ascender. Las rocas se rompían bajo sus pies y caían en la grieta, saltando de pared a pared hasta caer al fin con un chapoteo distante.

— ¡Halen! — gritaban todos.

La cuerda subió. Adán estuvo a su alcance, y ellos lo sacaron a lugar seguro.

El ruido iba en aumento. Las paredes seguían moviéndose y cerrándose, soltando fragmentos que caían alrededor de la cabeza del doctor. Las paredes oscilaban un metro hacia adentro, uno hacia afuera, un poco más adentro, otro poco afuera.

El doctor trataba de extenderse y agarrar el saliente, pero no pudo.

Las paredes se cerraban más rápido ya.

— ¡Halen!

La cuerda subía poco a poco. El doctor hundió los pies otra vez y se subió. El abismo era de unos tres metros de ancho, y luego de dos.

El doctor estiró la mano y otras manos lo agarraron, cuando la grieta era apenas de poco más de un metro.

Lo sacaron y él rodó sobre el saliente.

¡*Tas*! Con un golpe atronador, una nube de fragmentos y oleadas de polvo sofocante, chocaron las paredes.

El doctor no tenía ninguna razón para quedarse allí.

— ¡El espectáculo terminó! ¡Vámonos! — gritó.

Se puso de pie de un salto. Todos lo siguieron descendiendo por el túnel.

— ¡Omar! — gritó Laura, volviendo la cabeza para evitar un chapoteo violento de agua de mar —. ¿Cuánto más lejos?

Omar no parecía bien. Miraba a todos lados, y se le notaba la preocupación en el rostro. Parecía perdido.

— ¿Omar? — preguntó Laura de nuevo.

El tartamudeó, y aun gimoteó un poco, al susurrar varias expresiones de ansiedad en su idioma.

La canoa se mecía y se llenaba de agua mientras el mar hirviente y bravo chapoteaba sobre ellos. El océano seguía tragándose la isla y el suelo se hundía cada vez más como un barco herido por un torpedo. Pedazos enormes se rompían y chocaban en las olas, dando al oleaje un color pardo como de pantano. El océano alrededor se movía hacia adentro como absorbido por un orificio. Omar y Laura estaban atrapados en la corriente y trataban de remar contra ella.

El grupo que huía entró por fin en la vasta caverna debajo de la isla, pero no era la misma que Adán y los Cortés habían dejado. El río había crecido hasta convertirse en un mar pantanoso agitado por la tormenta, con olas que golpeaban contra las paredes de la caverna. Las formaciones rocosas se hundían en el agua agitada con chapoteos enormes de fango y espuma. El campamento de Adán había desaparecido, arrastrado por las olas como si nunca hubiera existido.

— ¡El barco! — gritó Adán.

Allí estaba, ya no sobre los bloques, sino a flote, meciéndose sobre el agua agitada y pantanosa. Bajaron por el lado de la caverna hasta la orilla del agua. Adán saltó al agua sucia y nadó hacia el barco. Cuando llegó a él, se agarró del lado y se subió. Encontró una cuerda larga y le tiró el extremo al doctor, quien la agarró y después, con la ayuda de varios hombres, acercó el barco inquieto a la orilla.

— ¡Con cuidado! ¡Que no dé contra las rocas!

Varios hombres se metieron al agua para darle estabilidad al barco. Uno por uno, hombres, mujeres y niños pasaron por el agua y subieron al **Arca de Adán**.

Adán le había atornillado un motor fuera de borda grande en la popa. Lo prendió y el barco comenzó a moverse.

Llenaban la caverna las rocas y el agua y el ruido de la tierra al desmenuzarse. Del techo llovían piedrecillas, polvo, rocas y fragmentos sobre ellos, cayendo por todo el barco, y levantando columnas de agua como proyectiles de artillería al explotar. No quedaba más remedio que orar.

Adán dirigió el barco hacia donde se suponía que estaba el túnel, pero al penetrar las tinieblas con la luz de sus linternas le iba dominando un temor horrible.

— El agua . . . — dijo —. ¡El agua está demasiado alta!

¡*Ping*! Una astilla de madera pareció explotar de la baranda del barco y cayó en el regazo de una mujer.

¡*Ping*! ¡*Pun*! ¡*Tas*!

— ¡Agáchense! — gritó el doctor Cortés.

Sí, eran disparos. Los hombres de Kelno habían llegado a la caverna. Los pasajeros del barco miraron atrás y vieron unas doce luces que recorrían la caverna.

— ¿Puede ver el túnel? — preguntó el doctor.

Adán sostenía una linterna en alto; alumbraba por todas

partes con la linterna. Entonces palideció y le tembló la mandíbula.

— Hemos llegado al arco de entrada — dijo —; pero . . . pero ¡la isla se ha hundido demasiado!

Omar echó la cabeza hacia atrás y gritó, con un sonido angustiado de lamento. Se agarraba la cabeza con las manos, temblaba, movía la cabeza de un lado a otro y volvía a gritar.

Laura miraba alrededor. Veía el agua rugiente, agitada por el terremoto, y el pantano y los despojos flotantes de la isla destruida, y los acantilados rocosos por encima de ellos, pero no veía el túnel.

— ¡Omar! — gritaba —. ¿Qué pasa?

El gritaba y señalaba el agua.

— ¿Qué? — preguntó Laura —. ¿Qué dices? ¿Dónde está el túnel?

Omar gritó otra vez, llorando y señalando hacia el agua otra vez.

Laura quería aferrarse a su esperanza, pero ya se daba cuenta de la realidad.

— ¿Abajo . . . allá abajo? ¿Debajo del agua?

— ¡Estamos atrapados! — gritó Adán.

Se oyeron más disparos. No tenían dónde agacharse, ni adónde ir. Los chorros de luz los buscaban, y los hombres armados se acercaban, avanzando por los barrancos que se reducían alrededor del agua agitada y creciente.

El doctor miró hacia arriba.

— ¡El agua sigue subiendo! ¡Miren! ¡Vamos hacia el techo!

Adán iluminó hacia arriba con la linterna, y el techo áspero de rocas negras se iba acercando como una nube en descenso.

— ¡Nos aplastará! — dijo.

— Mamá — dijo una niñita —, me duelen los oídos.

El doctor Cortés confirmó:

— La presión del aire va en aumento. El respiradero de

lava debe de estar sellado ya. El agua sigue entrando, pero el aire no puede salir.

— Y tampoco nosotros — dijo Adán.

Se oyeron más tiros. Las balas penetraron en el barco. Volaron astillas por todas partes.

El agua siguió subiendo. El techo negro, rocoso y aplastante seguía bajando sin piedad.

TRECE

Omar y Laura remaban con todas sus fuerzas, y la canoa se abría paso entre las olas y se alejaba de la masa pantanosa y desmoronada de la isla. Tenían que alejarse antes que los absorbiera y tragara el agitado mar. Omar estaba ansioso y hablando sin sentido, sin saber lo que debía hacer.

— ¡Ora, Omar! — gritó Laura —. ¡Ora! ¡Dios nos mostrará lo que debemos hacer!

El estaba orando; sus palabras sonaban como una bolsa de canicas.

Laura oraba también.

— Señor Dios . . . necesito una idea. La que tú quieras darme.

De repente, hubo un choque, y Laura y Omar saltaron sorprendidos. De alguna parte, un pedazo grande de roca volcánica cayó en la canoa, aplastó una caja de enlatados, y se partió en dos mitades dentadas que quedaron en el fondo de la canoa.

Omar gritó de susto y remó con mucha más fuerza. No quería que lo golpeara ninguna roca voladora.

Laura pensaba lo mismo y remaba con desesperación.

— ¡Señor — oró —, no te pedí eso!

O ¿tal vez sí? Abrió de par en par los ojos y se quedó boquiabierta. Dejó de remar, dio la vuelta y miró otra vez el pedazo dentado de roca que tenía a los pies. Se inclinó para palpar su superficie con dedos temblorosos, y después lo recogió. Era liviano y frágil, y le daba una idea. Con bastante fuerza este tipo de roca se podría agrietar y romper en pedazos.

— Omar, ¿recuerdas lo que me dijiste acerca de la caverna?

El entendió un poco, pero su principal preocupación era que ella había dejado de remar, y le hizo los gestos acostumbrados para hacer que tomara el remo de nuevo.

— ¡Omar, escúchame!

El estaba escuchando.

— La caverna . . . — dijo, haciendo gestos para aclarar su significado.

El entendió.

— ¿Está formada toda de esto?

Señaló el pedazo de roca.

Omar inclinó la cabeza e indicó con el movimiento de los brazos que toda la caverna, pisos, techo y paredes, estaba formada de esa misma roca volcánica negra.

Tenía que ser el Señor. Laura sentía que le fluían fortaleza y ánimo renovados. Agarró el remo.

— ¡Vamos a remar! — gritó —. ¡Tenemos que volver a la bodega antes que se hunda!

Debajo de la isla condenada, en la caverna que se reducía rápido, las aguas agitadas seguían subiendo y empujando el barco indefenso cada vez más alto hacia el techo.

— ¡Nos aplastará! — gritaba Adán

¡Ping! ¡Pun! Los secuaces leales de Kelno seguían disparándoles. Los pasajeros indefensos sólo podían arrellanarse en el fondo del barco y pedirle a Dios que las balas no dieran en el blanco.

— ¡Alto al fuego! — les gritó el doctor Cortés —. No podemos salir. Nos capturaron.

A los matones les gustó la noticia. Dejaron de disparar, gracias al Señor, y corrieron hacia el barco por los barrancos rocosos del lago agitado, iluminando la caverna con las linternas.

— Traigan el barco — gritó uno de ellos.

— Muy bien — contestó el doctor Cortés —. No disparen.

— ¿Qué podemos hacer? — susurró Adán.

— ¿Qué pueden hacer ellos? — replicó el doctor.

De veras, esos matones orgullosos y altivos ya se hacían la misma pregunta. Sí, habían capturado el barco lleno de fugitivos, pero ¿ahora qué? A su derredor la caverna temblaba, se desmoronaba y hundía. Además, el respiradero de lava que habían seguido para llegar allá estaba completamente bloqueado. ¡No había salida! Los dieciséis hombres estaban de pie quietos sobre un banco de arena rocosa por encima del agua, y buscaban por el resto de la caverna otra salida de esa trampa. Los rayos de luz se movían por todas partes, tratando con desesperación de hallar algo que pudiera darles un poco de esperanza.

Entonces el banco de arena se rompió. Ocho hombres, luego dos más y, por último, doce de los dieciséis cayeron de cabeza en las olas pantanosas, gritando y chapoteando en su desesperación. Los cuatro restantes se pegaban a las rocas como débiles moscas, sin tener otro lugar a donde ir sino al lago amenazador.

El doctor Cortés tomó la iniciativa al saltar por el lado del barco y nadar hacia los hombres que se agitaban en el agua. Adán lo siguió y también José el gerente y Randy el carpintero. Los hombres de Kelno ya habían perdido su pelea y estaban dispuestos a que los subieran al barco. Sus armas habían caído a donde debían estar, al fondo del agua ascendente.

— Suban a bordo — dijo Adán, ayudándoles uno por uno.

— ¿Qué va a pasar? — querían saber —. ¿Vamos a morir?

— Sólo el único Dios verdadero lo sabe.

Al decir eso, Juan Cortés observó que el barco seguía ascendiendo hacia el techo, mientras las rocas y los fragmentos que caían salpicaban agua alrededor de ellos. Todos podían sentir el dolor en los oídos, pues la presión del aire iba en aumento.

Omar y Laura maniobraban con la canoa entre las palmas medio hundidas, junto a los techos de las chozas que desaparecían rápidamente, y hasta la choza de las provisiones, adonde ya llegaba amenazante el oleaje espumoso, y tocaba a su puerta. Alrededor las palmas golpeaban y silbaban en el aire en arcos imprecisos, y el suelo se mecía, chasqueaba y se arrastraba como un líquido.

Laura decidió no pensar en eso. Había otras cosas más importantes. Saltó de la canoa y entró en el agua pantanosa y agitada, halando la canoa hasta la tierra que se disolvía. Entonces, con decisión firme, entró en la choza de provisiones y abrió unas cajas. Omar, casi loco del miedo, la siguió, moviendo la cabeza y murmurando palabras de muerte.

Laura llenaba una bolsa con los "bizcochos" de mal sabor que Omar había estado a punto de comer. El estaba detrás de ella, mirando con fascinación y asombro.

— ¿Mala cosa? — preguntó.

— Muy mala cosa — respondió ella, todavía agarrando los bulbitos de explosivos —. ¿Puedes alcanzar esa caja que está allá?

El le bajó la caja. Ella comenzó a contar tantos detonadores sincronizados pequeños como pensaba que necesitaría.

— Omar, hazme un dibujo — dijo y señaló al piso de tierra —. Muéstrame cómo es la caverna y el remolino.

Ella hizo el ruido del remolino y él confirmó con la cabeza.

Mientras Laura seguía contando los detonadores y tacos de explosivos, Omar estaba agachado haciendo un diagrama en la tierra. Ella lo estudió con cuidado.

— Esa pared allí . . . — dijo y señaló —. La pared que está entre el remolino y la caverna . . . ¿cuál es su espesor? ¿Cuánta roca hay?

Necesitó algunos minutos y gestos para hacerse entender.

El corrió varias veces de un lado a otro de la choza para mostrarle el espesor de la pared.

— Mucha pared — dijo —. ¡Mucha roca!

— Más bizcochos — dijo Laura, al sacar más de la caja y ponerlos en la bolsa.

Por fin se los llevó todos.

Su último artículo fue una pequeña botella de emergencia de oxígeno con un tubo de respiración y boquilla. Ella se amarró eso a la cintura.

— ¿Qué . . . qué haces? — preguntó Omar.

— Omar — le dijo, señalando el borde de la playa que subía —, mejor que subas la canoa.

El miró, y ella tenía razón. Bajó corriendo a ocuparse de eso.

Laura subió corriendo por el sendero. No podía decirle lo que estaba a punto de hacer. No podía dejar que él la detuviera.

Al otro lado de la isla, hombres, mujeres y niños gritaban desesperados al detenerse en un sendero hacia el agua. Habían estado esperando encontrar un muelle, pero ya no había nada. Esperaban escapar de la isla en el barco de Esteban Kelno, pero estaba destruido, en pedazos torcidos y astillados bajo un derrumbe terrible de rocas y árboles. Era demasiado tarde. Ya no había escape posible.

— ¡Vamos a morir! — gritaba uno de los guardias de Kelno que estaba acostado en el fondo del barco empantanado, que se mecía agitado por las olas —. Vamos a . . .

El doctor Cortés le tapó la boca con la mano.

— ¡Cállate! Estás preocupando a todo el mundo.

Adán podía ver que el techo seguía descendiendo mientras las aguas subían.

Pronto quedaría poco de la caverna abierta.

— ¿No hay algo que podamos hacer? — seguía preguntando.

— Creo que será mejor estar seguros de que todas estas personas están listas para . . . presentarse delante del Señor — dijo el doctor Cortés.

Adán asintió con la cabeza, y se puso de pie en el barco para dirigirlos a todos en una oración. Todos oraron con él. Ninguno se negó a hacerlo.

Laura se detuvo sobre un peñasco, en el mismo sitio donde había estado el puente, y miró hacia abajo a la garganta del remolino. Todavía estaba feroz, horrible, monstruoso y girando como un enorme túnel vertical. Ella sabía que en pocos segundos estaría demasiado petrificada para continuar; perdería el valor y se pondría a gimotear y no podría hacer nada. Si Javier y su padre estuvieran todavía vivos allá abajo, no les sería de ninguna ayuda. Se necesitaría una buena carrera rápida para alejarse del peñasco y volar por encima de la boca del remolino, ese monstruo hambriento. Corrió atrás hasta un buen punto de arranque.

Laura — dijo una voz dentro de ella , *esto es una locura absoluta. ¡Te matarás!*

— ¡Señor Jesús, ayúdame! — gritó.

Sintió que comenzaba el pánico. Se le revolvía el estómago y le temblaban las manos. La respiración era un jadeo tembloroso y tenía los dedos entumecidos por el terror. Casi no podía sostener la boquilla de la botella de oxígeno para ponérsela en la boca.

Invocó el socorro del Señor otra vez, con las palabras confusas por la boquilla. Entonces abrió la válvula. El aire le llenó los pulmones. Se aseguró la bolsa contra el pecho. Oró una vez más. Comenzó a correr.

Un paso, otro, y otro más; sus pies golpeaban el suelo rocoso. El precipicio se acercaba. Corrió con más fuerza. Sólo faltaban dos pasos. ¡Sólo uno!

El último paso fue un salto gigantesco. Voló mientras el suelo rocoso se alejaba de repente. Sentía que flotaba. Gritaba. El viento pasaba veloz, rugiéndole en los oídos. Podía ver que el túnel giraba y estaba listo para tragársela. Sentía que giraba. El precipicio opuesto era como un borrón de negro y gris.

—¡*Uuuf*!

El agua se sentía como un piso de mármol. Se hundió y la boquilla se le salió de entre los dientes en una nube de burbujas. El agua sucia y fría del mar le entró por la boca como una manguera contra incendios. Se sintió aplastada como un insecto. Entonces no vio, ni sintió, ni pensó nada.

El tiempo pasó. Pudo ser segundos o minutos. Recobró los sentidos. Daba volteretas y giraba en todas direcciones, atrapada en un torbellino de agua rugiente y de despojos, con los brazos y las piernas agitándose. Se estaba ahogando. Con ansias buscó junto al cuerpo esa boquilla. *¡Señor, ayúdame!* ¡Allí! La agarró y con mucho esfuerzo se la metió a la boca. El primer respiro de oxígeno le volvió a inflar los pulmones, y el retorcimiento le salió de las costillas con oleadas de dolor.

Debo de estar viva — pensó —. *¡El dolor me mata!*

Abrió los ojos a una luz borrosa color café. El agua estaba oscura, pero pudo ver una superficie rocosa bajo el agua que pasaba no demasiado lejos. Supo que esa dirección era hacia arriba. Debía ir por debajo de la pared, arrastrada por la corriente. Remó con los brazos. La superficie rocosa se acercaba.

Se estiró y la agarró. Ahora la corriente trataba de desprenderla.

No quedaba mucho tiempo. Había oxígeno sólo para algunos minutos. Metió la mano en la bolsa que llevaba sobre el pecho y sacó unos tacos de explosivos. Este podría ser un buen lugar, o tal vez no, pero ¿por qué no? Tenía bastantes, y un poco más no estaría de sobra. Metió los tacos en una grieta de la roca, puso un detonador, y el reloj para cinco minutos, luego sincronizó el reloj a cinco minutos. Se dejó llevar de la corriente unos pocos metros más hasta que se volvió a agarrar de las rocas y plantó otro paquete de explosivos y un detonador.

Está bien — pensó —. *Veamos cuántos de estos puedo plantar antes que se me acabe el tiempo, los explosivos o ¡el aire!*

El reino de Esteban Kelno llegaba a un fin horrible. El comedor era un montón de despojos, tragado del centro hacia afuera por la grieta creciente en la tierra. Alrededor de la aldea, las ventanas se rompían y los techos se caían mientras las casas se retorcían y contorsionaban, con las puertas abriéndose y cerrándose como banderas al viento. El suelo se levantaba y rizaba como un océano tormentoso.

La gente que había quedado, los seguidores leales del falso mesías, ahora gritaban de terror y corrían por todas partes. Huían de las grietas mortales que seguían abriéndose a través de la aldea y dividían los caminos, partían las casas y aun despedazaban los árboles. El suelo tembloroso era como pantano lento al moverse y escurrirse. Los árboles se agitaban a uno y otro lado hasta romperse como palillos de dientes y caer sobre casas y cobertizos.

Esteban Kelno se había quedado cerca de su cabaña, y ya no podía controlar a su gente. Se dio cuenta de que no había nada que hacer entonces sino esperar a que se detuviera el horrible terremoto; y *se detendría* con seguridad, para comenzar la reconstrucción.

Entonces oyó un crujido alto y el silbido de hojas de palma por el aire, y vio apenas a tiempo que una palma enorme caía sobre su cabaña, cortándola por la mitad. Madera, cristales, ídolos y libros volaban por todas partes. ¿Cómo podía ocurrir tal cosa? ¿Un árbol que caía sobre la casa de un "dios"? De repente, Kelno se sintió pequeño e impotente. Si él era un dios o si de veras tenía dominio divino sobre las fuerzas de esta isla . . . cada vez se hacía más difícil creerlo.

Miraba a todos lados. Sus seguidores se dispersaban en todas direcciones. Nadie lo miraba. Se le ocurrió una idea.

Quizás el misionero siempre había tenido la razón. Tal vez todavía había lugar en su barco.

Kelno procuraba parecer tranquilo y con dominio de sí mismo; pero comenzó a abrirse paso rápidamente a través de la aldea, evitando grietas que se abrían, árboles que caían y gente desesperada, en dirección a aquel sendero de la selva.

¡Que se mueran todos, pero yo sobreviviré! — pensaba.

El dolor en los oídos de las personas del barco en apuros era insoportable, y se hacía difícil oír. El techo terrible, implacable, negro y rocoso seguía bajando sobre ellos como la mandíbula de un cascanueces enorme.

El doctor Cortés abrazaba a Javier y lo apretaba contra sí. Ninguno hablaba. ¿Qué se podría decir? Lo más probable era que iban a morir, y ahora trataban de resignarse a aceptar esa realidad.

Adán seguía orando con cada uno.

— ¿Conoce a Jesucristo? — les preguntaba —. ¿Está preparado para encontrarse con El?

Laura seguía nadando contra la corriente y metiendo atados de explosivos en grietas estratégicas donde pudiera hallarlas. ¡Habría un espectáculo magnífico cuando todas esas cargas explotaran!

Se movía de un lado al otro del pasadizo, hallando una grieta aquí, una hendidura allá, un posible lugar débil un poco más allá. Sólo podía esperar que lo hacía bien. Mantenía la atención en el cronómetro de pulsera. En un minuto detonarían las cargas.

¡No! ¿Qué era eso? La superficie rocosa por encima de ella comenzó a caer de repente, haciendo un ruido horrible que recorría el agua oscura como un trueno. Un pedazo enorme de la pared se había desprendido y bajaba precisamente sobre ella. Nadó como loca, tratando de deslizarse de debajo

de esa masa de piedras que, de lo contrario, la hundiría y aplastaría.

¡La atrapó! La hundió. Laura se arrastraba sobre el vientre hacia el borde, tratando de darle la vuelta. El agua pasaba veloz alrededor de ella, y la presión iba en aumento. Pensó que se había desprendido arrastrándose cuando la losa enorme golpeó el fondo del pasadizo con un ruido fuerte al chocar. El dolor le recorrió la pierna izquierda. Ella pateó para librarse.

¡Oh no! Tenía la pierna aprisionada debajo del borde de la losa. Halaba, luchaba, pero la pierna estaba atascada debajo de esa piedra como sostenida entre dientes enormes y negros.

Laura miró el cronómetro de pulso. Le quedaban treinta segundos.

CATORCE

Esteban Kelno se abrió paso, tropezando y con mucho esfuerzo, a través de la selva que temblaba y se tambaleaba hasta que al fin llegó al claro sagrado. Se habían caído las piedras del altar, y el claro estaba cubierto de árboles derribados; pero el foso estaba todavía allí, y su boca bostezante lo invitaba a entrar. Agarró la cuerda que habían usado los demás, y trató de llenarse de valor para proseguir.

Omar había buscado a Laura por todas partes. Había llegado al precipicio sobre el remolino, pero ella no estaba allí. Había corrido de ida y vuelta a la aldea de Kelno, pero no la halló. Bajó por un sendero y subió por otro, pero ella había desaparecido.

Ahora estaba de pie en medio de la selva que rugía, se tambaleaba y temblaba, agarrado a un árbol que se mecía. Estaba llorando, llamando "¡Mibuá!" y repitiendo muchas veces el nombre de Laura.

Laura tenía los pulmones vacíos. Chupaba de la boquilla, pero no quedaba más oxígeno. ¡Se había agotado!

Faltaban veinte segundos. Laura rasgó una esquina de una de las cargas de explosivos plásticos, le metió un detonador, encontró una grieta en la losa que parecía apropiada, y puso el detonador para cinco segundos.

Entonces estiró el cuerpo tan lejos de la carga como pudo,

se puso los brazos alrededor de la cabeza y sobre las orejas, y esperó.

Parecía que la había golpeado un tren de carga debajo del agua. El sonido fue ensordecedor. El golpe la aturdió y la explosión le hizo rechinar los dientes. Salió disparada por el agua oscura como un torpedo, rodeada de burbujas sonoras de espuma y roca pulverizada. Iba dando tumbos de cabeza, medio consciente y con el cuerpo flojo.

No podía sentir la pierna. ¿Se la había arrancado con la explosión?

Sólo faltaban diez segundos. Podía sentir que disminuía la presión del agua. Se acercaba a la superficie, pero ¿dónde?

Cinco segundos.

¡Sacó la cabeza al aire delicioso y hermoso dado por Dios! Respiró profundamente, jadeando y empezó a nadar. Ya podía sentir la pierna izquierda. ¡Alabado sea Dios! Todavía estaba allí, pero la pierna no funcionaba. Un dolor débil y agonizante le pasaba por toda la pierna. Se había roto algo, tal vez muchos huesos.

Se agarró de un saliente rocoso, se levantó y rodó a la cama de roca. Había una cavidad en las rocas, una rebalsa pequeña. Rodó dentro de ella para protección.

La gente del barco podía tocar el techo con facilidad. Pronto estarían contra él.

¡Entonces ocurrió lo inesperado! El lago junto a la pared se levantó y se abrió como una flor inmensa de agua pantanosa en todas direcciones. Una ola enorme rodó hacia afuera, moviéndose veloz y golpeando las paredes de la caverna como una brocha monstruosa. Piedras calientes de todos los tamaños volaban a través del espacio como cometas y chocaban contra las paredes opuestas como balas de cañón.

La gente del **Arca de Adán** no sabía lo que pasaba. Sólo se agacharon cuando la ola los bañó, y se agazapaban mientras las rocas caían como granizos sobre el barco y el lago.

La ola casi la arrastra, pero Laura se mantuvo anclada en su pequeña cavidad hasta que le pasó por encima. Miró a la pared. Todavía estaba ahí.

¡Otra explosión! El lago se levantó con otra ola gigante de espuma, piedras y agua rociada. Más rocas se dispararon y volaron a través del espacio, pero la pared estaba firme.

¡Una tercera explosión! ¡La cuarta! ¡La quinta! Las ondas de la explosión hacían retumbar la caverna como el interior de una campana, levantando a Laura varios centímetros de la superficie mientras se retorcía de dolor.

Entonces pensó que había oído un sonido alto como de algo al agrietarse. Trató de ver de dónde había venido.

¡Todavía otra explosión!

¡Allá! Ya podía ver que se formaban grietas en la pared. Avanzaban hacia el techo. Aparecía la luz a través de ellas en algunos lugares. Habían volado los soportes de la pared. Se desmoronaba.

La explosión final. Las grietas se ensancharon y luego, como un derrumbe muy grande de rocas, como la caída de una cortina enorme de escoria volcánica negra, la pared y una sección muy grande del techo se desintegraron en fragmentos y polvo, y cayeron con un ruido atronador en el lago. Una ola gigantesca y sucia de agua, cascajo y pantano pasó por encima de Laura.

La gente que iba en el barco sintió de repente que estaba en un ascensor en caída libre. La superficie del lago cayó por debajo de ellos, y el techo desapareció en la bruma. Los chorros de agua pasaron muy altos por encima de su cabeza. El barco cayó tan rápidamente que casi se levantan del piso. Entonces vieron la luz. El barco se movía a través de la caverna a mucha velocidad, pues el lago se derramaba de la caverna, como el té de una taza volteada, precipitándose con una fuerza increíble hacia la luz.

¡Todo el costado de la caverna se había hundido! Podían ver el firmamento allá arriba e iban con el oleaje hacia él.

141

Laura flotaba impotente en el lago que se había convertido en río, yendo arrastrada hacia la luz del día, a través del orificio inmenso que había sido pared. Ya podía ver el barco, no muy lejos atrás, que se dirigía hacia ella. Gritaba y agitaba las manos. ¿La verían?

— ¡Agárrenla! — fue todo lo que el doctor Cortés pudo decir.

Sabía quién era, pero no había tiempo para pensar.

— ¡Súbanla a bordo!

El barco iba a gran velocidad por la ola rugiente hacia la abertura mientras el lago salía en cascadas como una mareajada. Laura nadaba con brazadas muy débiles contra la corriente, tratando de llegar al barco. Estaba casi exhausta y entumecida de dolor.

Vio el costado de madera áspera, y después sintió que brazos fuertes y buenos la agarraban y la sacaban del agua. Se desplomó en la cubierta del barco como un pescado muerto y frío.

— ¡Cuidado! — gritó Adán.

Todos se agacharon cuando el barco salió por la abertura, al pasar con dificultad rozando un techo muy bajo. Una roca dentada le mordió un pedazo a la popa.

¡Estaban libres! La caverna los había vomitado como el corcho de una botella. El barco daba vueltas y bailaba en la superficie de una columna de agua bullente, que ascendía velozmente y llenaba el cañón profundo donde había estado el remolino. Era como estar sentados encima de una fuente de agua caliente. Ahora subían por un ascensor mientras veían que las paredes del cañón caían a su derredor.

La isla parecía reaccionar a esa grandísima punzada a través del corazón. Con una sacudida larga, firme y agonizante, se fue hundiendo en el mar. Las olas se precipitaban al interior, rugiendo y tronando alrededor de las colinas, rasgando la vida vegetal, arrastrando troncos, rastrojos, despojos de edificios y hasta rocas enormes. El océano se tragó el resto de la antigua aldea de Omar; el oleaje golpeaba por los senderos y sobre la selva. Los árboles desaparecían bajo la espuma y se convertían en parte de ella, corriendo y dando tumbos juntos en una devastadora pared de agua y escombros. Nada podía resistir esa marea horrible.

La aldea de Esteban Kelno apareció por un momento para dejar luego de existir. El mar llegó de tres direcciones diferentes; primero a un metro de profundidad, luego a dos, a tres y después a siete. Las casas no oponían resistencia. El edificio de mantenimiento se convirtió en balsa sólo un momento, y luego se disolvió en millares de pedazos y astillas de madera. Por tres lados, las paredes de agua convergían y chocaban con un ruido atronador donde había estado la plaza de la aldea, lanzando hacia arriba una explosión de agua, rocío y los restos del reino de Acuario.

En la selva, Omar miró a un lado y vio una pared de árboles, lodo y agua de mar que venía aplastante y espumosa hacia él; miró al otro lado y encontró la misma cosa. La marejada venía rodando por encima de la isla como un millar de oleadas de tormenta, con un ventarrón violento.

Omar corrió en la única dirección que quedaba, hacia la colina más alta de la isla, mientras el mar se le acercaba implacable, rodando y tronando a sus talones.

Esteban Kelno acababa de llegar al fondo del foso cuando pensó que sentía que toda la isla escoraba, recostándose a un lado como un barco al zozobrar. Podía sentir las sacudidas, la agonía final de la muerte. Un chorro de aire viciado salió del pasadizo a sus pies. Podía oír que el agua de mar subía veloz.

Entonces el terror le atravesó el corazón como una flecha aguda. Se encontró de repente mirando de frente los enormes, crueles y enojados ojos de la serpiente, el dios siempre hambriento de esa isla pagana. La lengua se movía con

143

rapidez delante de él; el cuello enorme se arqueaba por encima de él. Kelno trató de retroceder, pero le estorbó la pared de piedra, inmisericorde y dura del foso.

— Gran serpiente . . . — gritó, tembloroso y rogando —. ¡Soy Esteban Kelno, dueño y señor de la isla de Acuario!

La serpiente no respetaba a ese hombre, no importaba lo que dijera.

Kelno seguía retrocediendo hacia la cuerda.

— ¡Yo . . . yo te he tenido reverencia! ¡He guiado a tu pueblo en el culto y los sacrificios a ti!

La lengua lo seguía lamiendo y se agitaba delante de él. La boca comenzó a abrirse.

— ¡Por favor! — imploraba Kelno —. ¡Tú . . . tú no puedes comerme!

Agarró la cuerda y comenzó a subir. La serpiente hizo un movimiento relámpago, rápido, y lo agarró por un talón. Las manos de Kelno se desgarraron de la cuerda. La serpiente echó la cabeza hacia atrás y la enorme garganta se abrió.

Esteban Kelno desapareció de un trago.

Sólo segundos después, saliendo a borbotones por debajo y tronando por encima, el mar embravecido se tragó la serpiente. Ambos dioses falsos desaparecieron para siempre.

El mar subió hasta la cumbre del cañón y luego se derramó sobre el resto de la isla, arrastrando el barco a su merced. Adán tenía encendido el motor fuera de borda, pero no había nada que pudieran hacer contra esa corriente terrible y veloz. El mar bañaba los últimos lugares altos que quedaban. El barco pasaba junto a las cimas, por las copas de los árboles, sobre la selva sumergida, como un pedacito más de escombro en medio de los pedazos flotantes de la isla moribunda.

Los pasajeros del barco vieron a unos sobrevivientes, forcejeando y luchando en los remolinos de lodo y espuma, aferrados a troncos y tablas, agitando las manos y pidiendo auxilio. Adán dirigió el barco a ellos y los recogió. Muchos cadáveres pasaban flotando como despojos marinos, pero no se podía hacer nada por ellos.

— ¡Eh! — gritó Javier —. ¿Qué es eso allá?

— ¿Dónde? — preguntó Adán.

— ¡Arriba en aquel árbol! — señaló Javier.

Adán miró, y luego exclamó:

— ¡Alabado sea el Señor! ¡Es Omar!

El polinesio gigante estaba en la copa de una palma altísima que ahora sobresalía del agua a sólo pocos metros. Omar todavía se agarraba de ella, sumergido hasta la cintura.

Adán acercó el enorme barco a la palma antes que Omar se diera cuenta.

— ¡Omar! — le gritó y extendió las manos.

Omar alzó la mirada y vio a su viejo amigo. Después de un momento de asombro, esos grandes dientes brillaron al sol y Omar se puso a llorar de alegría.

— ¡Adán! — gritó y se subió al barco y abrazó al misionero —. ¡Bendito Mibuá! ¡Bendito Mibuá!

No había tiempo que perder. Adán aceleró el motor fuera de borda al máximo, y el barco emprendió la marcha. Las corrientes iniciales se desvanecían. Con la ayuda de Dios, podrían alejarse de la isla antes que se formaran oleajes más violentos.

El doctor Cortés quiso examinarle la pierna golpeada y sangrante a Laura, pero los ojos se le llenaban de lágrimas.

— ¿Estás bien, papá? — preguntó Laura.

— No . . . podría estar mejor — dijo, abrazándola y besándola en la frente —. Te tengo otra vez, mi amor. No podría pedir más.

Javier le examinaba la pierna, y también lloraba, admirado por la bondad del Señor. ¡Estaban juntos otra vez! ¡Estaban vivos!

— Está fracturada, hermanita — le dijo a Laura, mientras le ponía una tablilla tosca en la pierna.

— ¿En cuántos lugares? — preguntó ella.

—Pues —dijo vacilante—, en más de uno. No digamos más.

Laura miró a su padre y a su hermano con temor reflejado en los ojos.

—¿Podré volver a caminar?

Su padre, el más satisfecho que haya existido, miró a Laura y le dijo:

—Hija querida, estoy plenamente convencido de que con la ayuda de Dios puedes hacer cualquier cosa que te propongas.

—Está bien —dijo ella simplemente.

Miraron atrás y vieron el océano bullente que se cerraba sobre la isla que ya no existía.

—Será como si nunca hubiera estado allí —dijo Laura.

—¡Y de modo tan repentino! —dijo Javier.

—Así como el mundo entero —dijo su padre—. Listo o no, la Biblia dice que va a terminar algún día.

Movía la cabeza mientras miraba el mar que espumaba y se arremolinaba sobre la isla desaparecida.

—Piensen en todas las personas de esa isla que no estaban preparadas ni quisieron escuchar.

El pensamiento siguiente lo entristeció profundamente al expresarlo:

—Todos han perecido. Han desaparecido.

—Junto con su dios falso —dijo Laura muy seria.

El doctor Cortés asintió.

—Exactamente como será en los últimos tiempos. Todo el mundo estará bajo el dominio de un hombre, un dios falso, un mesías mentiroso, gobernante mundial . . .

—El anticristo —dijo Javier—. ¡Asombroso!

—Y como esta gente, pensarán que han hallado la religión, el futuro y el mundo perfectos, y ni tendrán en cuenta de que el fin del mundo y los juicios de Dios estarán tan cerca como la entrada de su casa.

— ¡Cómo me alegro de que conozco al Dios verdadero! —
dijo Laura.

— Es importantísimo conocerlo — agregó Javier.

— Lo cual significa que todos podríamos aprender una
lección de Adán — concluyó su padre.

Miraron y, por supuesto, allí estaba Adán haciendo la obra
que Dios le había dado. Saludaba a los nuevos pasajeros,
abría la Biblia y les hablaba de Jesucristo. El querría que,
al desembarcar, todos fueran creyentes.

Muy detrás de ellos, el océano cubierto de despojos por fin
se iba calmando. Pronto no quedarían indicios de que ninguna isla hubiera estado allí.

Algunos kilómetros fuera de la tumba de la isla, el Señor
los bendijo al permitirles que hallaran la canoa de Omar, a
la deriva y todavía cargada con bastante comida y combus-
tible para llegar hasta la isla civilizada más cercana. Sabían
que sobrevivirían. En más de un sentido, todos se habían
salvado.

enriquezca su vida

Por medio de la lectura de buenos libros usted puede adquirir instrucción, estímulo y entendimiento espiritual. ¡Que riqueza!... Editorial Vida se la quisiera proporcionar.

En las siguientes páginas se describen excelentes libros que hemos publicado para su inspiración.

con libros de

EDITORIAL
Vida

Un Nuevo Testamento bilingüe en español e inglés moderno

La *New International Version* (NIV) ha llegado a ser la versión inglesa más popular de los últimos años debido en gran parte a la excelencia de su estilo contemporáneo. La *Nueva Versión Internacional* (NVI) ha aprovechado la erudición y los principios que han contribuido al rotundo éxito de la NIV. Sin embargo, se ha tenido sumo cuidado en mantener la calidad y la riqueza propias del castellano, tanto como la fidelidad a los idiomas bíblicos originales.

Debido a su armonía en principios y propósito, esta edición paralela de la NIV inglesa y la NVI castellana es la mejor que se ha publicado, y se recomienda especialmente para los interesados en aprender inglés o español, como también para los que ya dominan ambos idiomas y desean compararlos en su lectura de la Palabra de Dios.

El encuentro de un muchacho con Cristo en la cruz

La historia de un muchacho abandonado y maltratado. Vinagrerito, con su mejilla deformada, fue el que llevó el vinagre que los soldados le dieron a beber a Cristo.

Es un relato conmovedor que traslada al lector al escenario del monte Calvario y lo convierte en testigo de los sucesos que culminaron con la crucifixión y la resurrección de Jesucristo.

Una novela extraordinaria que el lector recordará por mucho tiempo.